Gabriele Kögl
Mutterseele

Gabriele Kögl

Mutterseele

Roman

WALLSTEIN VERLAG

I

Meine angeheiratete Nichte war da, aus Amerika. Fesch schaut sie aus, die Waltraud, mit ihren blonden Haaren, und schlank ist sie geworden, weil er es so möchte, ihr Amerikaner, den sie geheiratet hat, drüben in Florida. So einen Mann hätte man kriegen müssen, und oft denke ich an den meinigen, wie lange er schon unter der Erde liegt. Wenigstens ein paar Tausender Witwenpension hat er mir zurückgelassen, wenn er mich schon nicht auf Händen getragen hat, wie der Amerikaner die Waltraud auf den Händen tragen wird, durch ein ganzes amerikanisches Eheleben. Dabei hat es für die Waltraud nicht gut ausgesehen, damals, als sie nach Amerika gegangen ist, ohne eine abgeschlossene Schulbildung und nur mit der Au-pair-Adresse im Gepäck. Aber es heißt nicht umsonst: Amerika, das Land der unbegrenzten Möglichkeiten, denn wo hätte die Waltraud mit ihrem bißchen Englisch das alles erreichen können, was sie heute hat. Natürlich hat sie auch Glück gehabt, daß sie zu einer richtigen Familie gekommen ist, die Einfluß hat und Geld, sonst wäre die Waltraud nicht so schnell aufs Boot gekommen, auf diese Jacht, mit der sie die Schönen und Reichen hinauf- und hinuntergegondelt hat, zwischen Miami und New York, einen ganzen Sommer lang. Auf dem Boot hat sie dann auch ihren Mann kennengelernt, den James, der dort gearbeitet hat, als Schiffsdesigner. Was er genau gemacht hat, weiß ich nicht, ich habe auch nicht nachgefragt, weil ich davon sowieso nichts verstehe. Ich will nicht noch blöder dastehen, als ich es ohnehin schon tu, weil ich nie hinausgekommen bin in die große Welt und weil ich alles, was ich weiß, nur aus dem Fernsehen kenne.

Aber die Waltraud hat lauter wichtige Leute kennengelernt, und heute ist sie eine gemachte Frau. Sie hat erzählt, daß sie jetzt selber Designerin sei und die Häuser der Reichen einrichte, mit ihrem europäischen Geschmack und mit ihrem Gefühl für Materialien. Das Schiff sei wichtig gewesen, um die richtigen Leute kennenzulernen, aber auf Dauer wäre das kein Leben gewesen, heute hier, morgen dort, man habe doch Wurzeln und möchte wissen, wohin man gehört.

Ein großes Appartement sollen sie haben, in Palm Beach, wo die Schönen und Reichen daheim sind. Sie hat Fotos mitgehabt, aber man sieht nicht genau, wie groß und schön das alles wirklich ist, auf den kleinen Bildern. Ihre Mutter hat erzählt, als sie die Waltraud besucht hat, in Amerika, habe sie in einem Gästezimmer gewohnt, mit einem eigenen Bad. Und überallhin sei man mit dem Auto gefahren, bis vor die Tür, und das sei praktisch gewesen, weil es überall genügend Parkplätze gegeben habe. Einmal wollte die Mutter von der Waltraud spazierengehen in dem schönen Park, den man von der Wohnung aus gesehen hat, aber die Waltraud hat geschimpft, daß spazierengehen viel zu gefährlich sei. Wenn sie unbedingt Bewegung machen möchte, solle sie ins Gym gehen, das direkt im Haus sei und eine Klimaanlage habe. Aber die Mutter hat nicht auf die Waltraud gehört und ist lieber schwimmen gegangen, in den Pool, der zur Wohnanlage dazugehört,

aber da hat die Waltraud einen ordentlichen Anschiß gekriegt von der Hausverwaltung, weil der Pool nur betreten werden dürfe, wenn ein Lebensretter dabei sei. Der Pool sei aber nur ein Meter fünfzig tief, hat die Mutter von der Waltraud erzählt, und daß sie genug habe von Amerika und nicht mehr hinüberfliege, wenn sie nicht einmal spazierengehen und schwimmen darf, wann und wo sie möchte.
Amerika ist ein freies Land, hat die Mutter von der Waltraud gesagt, und sie ist auch frei, und jetzt nimmt sie sich die Freiheit, daß sie nicht wieder hinüberfliegt in das Land mit den unbegrenzten Möglichkeiten.
Die Waltraud geht jetzt bei den nobelsten Leuten ein und aus. Diese Leute haben echte europäische Möbel in ihren amerikanischen Villen, und die Waltraud ist oft mit ihnen am großen, alten Holztisch gesessen und hat Lachs und Kaviar mit ihnen gegessen.
Ich mag das Zeug ja nicht. Da beutelt es mich gleich vor Grausen, wenn ich daran denke. Ich kann mich noch gut erinnern, als meine Tochter uns einmal einen Lachs aus Wien mitgebracht hat. Zum Schluß hat ihn die Katz gefressen, weil uns nichts gewesen ist darum. Aber die noblen Herrschaften haben einen anderen Geschmack als wir einfachen Leute.
Hier könne sie nimmer leben, hat die Waltraud gesagt, und sie hat gestöhnt unter der Hitze. Drüben in Amerika hätten sie überall Klimaanlagen, da könne es draußen noch so heiß sein, dort muß man nirgends schwitzen. Und freundlich seien die Leute dort, ganz anders als da, jeder rede gleich ein paar Worte, wenn man sich im Haus trifft, und in den Restaurants sind die

Kellner nicht solche Muffel wie bei uns in den Gasthäusern.
Die Waltraud hat sich wirklich was getraut, wenn man bedenkt, daß sie ganz allein so weit weggegangen ist, und dann auch noch die fremde Sprache. Meine Tochter ist auch weggegangen, und einer von meinen beiden Söhnen hat es auch getan, und wir haben gesehen, wohin es geführt hat, und recht ist es mir nie gewesen, aber meine Tochter ist zum Glück nur bis nach Wien gekommen, da hätte man auch einmal nachfahren können und schauen, wie es ihr geht. Aber das war Gott sei Dank nicht notwendig, sie hat immer gesagt, daß es ihr gutgehe, wenn ich sie gefragt habe. Aber gleich bis nach Amerika, das ist schon zu bewundern. Ihr Vater ist einmal nachgeflogen und hat ihr Schilcherwein und Kernöl gebracht, damit sie die Heimat nicht ganz vergißt, und dann ist das Kernöl aufgegangen im Flieger, und die grünschwarze Soße ist durch das Flugzeug geronnen.
Ihr fehle überhaupt nichts drüben, hat die Waltraud gesagt, und sie wäre auch jetzt nicht auf Besuch gekommen, wenn die Eltern ihr und dem James nicht den Flug gezahlt hätten. Weil sie hoffen, daß die Waltraud vielleicht zurückkommt, wenn sie die Heimat wiedersieht und alle Verwandten und Bekannten. Die Eltern waren auch dagegen, daß sie den Amerikaner heiratet, und als sie geschrieben hat, daß er ihr einen Brillantring geschenkt habe, ist die Mutter böse geworden und hat zurückgeschrieben, daß sie von ihrem Vater auch einen Ring haben könne, deshalb müsse sie nicht gleich einen Wildfremden heiraten, außerdem, wie lange kenne sie

den Ami schon, vielleicht sei er von irgendeiner Sekte oder so und wolle die Waltraud nur ausnehmen und Gehirnwäsche machen bei ihr. Da ist die Waltraud zornig geworden und hat zurückgeschrieben, wie er sie denn ausnehmen solle, da sie doch nichts mitbekommen habe von daheim, und das, was sie verdiene, brauche sie zum Leben.

Die Mutter von der Waltraud hat die Tochter nie weglassen wollen. Das wäre auch nicht notwendig gewesen, ihre Eltern haben gute Beziehungen zur Post oder zur Gemeinde gehabt, wo man die Waltraud hätte unterbringen können. Und mit den Burschen ist das so eine Sache gewesen, als sie noch hier gelebt hat. Ein paarmal ist sie ausgegangen, aber ihre Mutter hätte nie zugelassen, daß einer bei ihnen übernachten würde. Sie hat gleich jedem, der ins Haus gekommen ist, gezeigt, daß er ihr nicht recht ist, weil ihre Tochter etwas Besonderes sei, und etwas die Burschen wirklich wollen, weiß man sowieso.

Beim Sohn hat sie das nicht gestört, im Gegenteil, dem hat sie immer fest zugeredet, daß er viele Mädels haben und es mit keinem ernst meinen soll, aber bei der Tochter müsse man aufpassen, da sei es anders. Die Waltraud hätte zu Hause alles haben können, die Mutter hätte ihr sogar die Garage zu einer kleinen Wohnung umgebaut, wenn sie geblieben wäre, aber sie hat unbedingt wegwollen, als ob es woanders besser wäre als daheim.

Natürlich hat die Mutter von der Waltraud nicht wissen können, daß ihre Tochter so einen netten Mann wie den James kennenlernen würde, der nicht trinkt und der nicht raucht und der seiner Waltraud sogar beim

Einkaufen hilft. Nur daß er kein Deutsch kann, paßt der Mutter nicht, weil die Waltraud immer alles übersetzen muß, wenn man sich mit ihm unterhalten will, aber sonst scheint er ein netter Bursch zu sein.
Natürlich, so fesch und gescheit wie der Bruder von der Waltraud ist er nicht, aber das braucht man in Amerika auch nicht, wenn man tüchtig ist.
Die Mutter von der Waltraud hätte nichts dagegen gehabt, daß sie einmal gekommen wäre mit dem James, bevor sie ihn geheiratet hat, da hätte man ihn vorher noch anschauen und ihr vielleicht noch ausreden können, aber daß sie ihre Eltern gleich vor vollendete Tatsachen gestellt hat, wird ihr die Mutter nie verzeihen.
Eigentlich hätte es sich gehört, daß der James ein paar Worte Deutsch lernt, wenn er seine Schwiegereltern besucht, denn die Waltraud redet auch Englisch mit seinen Eltern, und ihre Mutter wird nicht auf ihre alten Tage anfangen Englisch zu lernen, nur weil der Herr Schwiegersohn glaubt, daß sich die ganze Welt nach ihm richten muß.
Auch wenn die Mutter von der Waltraud noch ein paar Brocken Englisch kann, die sie beim Volkshochschulkurs gelernt hat, vor ein paar Jahren, bevor sie mit der Tischlerinnung nach England gefahren ist. Im eigenen Haus redet sie keine fremde Sprache, da kann kommen, wer will.
Ob die Waltraud uns noch einmal besuchen wird, bei den vielen Einladungen, die sie hat? Bei allen Verwandten und Bekannten soll sie vorbeischauen, da wird sie kaum über die Runden kommen in den zwei Wochen,

die sie da ist. Sie wäre gern länger geblieben, aber drüben hat man nicht soviel Urlaub wie hier. Drüben ist das Leben hart, und der Job ist gleich weg, wenn man länger ausbleibt.
Dem James gefällt es hier, weil es auch im Freien kühl ist, und mit dem Vater von der Waltraud geht er jeden Tag in den Wald, denn ihr Vater ist Aufsichtsjäger und inspiziert sein Revier jeden Tag, und nachher geht es in ein ordentliches Gasthaus, wo alle Freunde vom Vater zusammenkommen und sich den Schwiegersohn anschauen. Und dort lachen sie ihn aus, weil er nicht trinkt und nicht raucht.
So ein Sturschädel, den würden wir schon umgewöhnen, wenn er länger bei uns wäre, hat der Vater von der Waltraud gesagt. Wir haben ja auch was zu bieten. Die haben drüben zwar Autobahnen, die dreimal so breit sind wie bei uns, aber die brauchen sie auch, wenn sie nur fahren dürfen wie die Weinbergschnecken.
Der James hat sich sehr gefreut auf das Autofahren bei uns, und er hat geglaubt, hier wäre auch die deutsche Autobahn. Daß man so schnell fahren darf, wie man will, kann sich der James gar nicht vorstellen. Ich habe ihm gesagt, dafür brauche man keine Autobahn, das würden die jungen Burschen auf der Landstraße auch tun und sich zu Tode fahren dabei.
Sehr sauber sollen sie es haben drüben, hat die Waltraud erzählt, dort bleibe kein Wassertropfen im Abwaschbecken, und bei ihrer Mutter habe sie zuerst geputzt, bevor sie was gegessen habe.
Dabei ist ihre Mutter eine reinliche Frau. Aber der James will es noch sauberer, als es bei der Mutter ist,

und die Hauptmahlzeit möchte er am Abend und nicht zu Mittag, wie es bei uns üblich ist.
Ganz anders ist die Waltraud drüben geworden, in der Fremde. Sie hat sogar ein eigenes Auto und fährt herum in Miami und Palm Beach, als wäre sie aufgewachsen mit den Wirbelstürmen und mit den großen Autos. Dabei war sie immer ein verschrecktes Kind, das dauernd hinter dem Rockzipfel der Mutter hergelaufen und ständig krank gewesen ist.

2

Die Waltraud und der James werden herziehen zu uns. Mitten im Sommer sollen sie kommen. Dabei ist es ihnen so gutgegangen in Florida.
Aber seit die Waltraud das Kind hat, kommt ihnen das Leben hier sicherer vor als drüben, und jetzt, mit den Anschlägen in Amerika. Gewalt und Drogen und das alles. Wenn man Kinder bekommt, fängt man anders zu denken an. Außerdem können sie hier im alten Haus ihrer Eltern wohnen, und drüben müssen sie Miete zahlen. So billig wird das Leben nicht gewesen sein. Solange man zu zweit ist, geht alles, aber jetzt muß der James drei Mäuler stopfen, die Waldraud kann nicht mehr arbeiten gehen, und allzuviel wird es nicht sein, was der James verdient, seit er nicht mehr auf dem Schiff arbeitet. Er ist jetzt Autoverkäufer. Ich weiß nicht einmal, ob er überhaupt eine Ausbildung hat und wie das in Amerika ist, ob man dort überhaupt eine Ausbildung braucht für einen Beruf. Ich glaube, das ist nicht so wie bei uns, und ohne Ausbildung wird er es nicht so dick haben, sie werden sich das schon ausgerechnet haben, wo es sich besser ausgeht mit dem Leben, dort oder da. Außerdem darf man nicht vergessen, daß die Waltraud hier auch noch ihre Eltern hat zum Kinderschauen, sie kann wieder arbeiten gehen, zur Post vielleicht, das hätte ihr Vater immer gern gehabt, oder zu ihrem Bruder ins Büro, er kann sie vielleicht brauchen, so ungeschickt wird sie sich nicht anstellen, nachdem sie in Amerika war, obwohl man dort drüben

gleich einmal was ist. Ich glaube nicht, daß man dort soviel können muß wie bei uns, und schlampiger ist auch alles, die Häuser sind reine Pappendeckelgebäude, das sieht man ja, wenn einmal ein Sturm kommt und alles wegbläst wie Zeitungspapier. Ich verstehe nicht, warum sie nicht einmal ordentlich bauen, dann wäre Ruhe. Aber nein, sie stellen wieder ihre Pappendeckel auf, bis zum nächsten Wirbelwind. Bei uns geht auch jedes Jahr einmal ein Sturm, und wenn wir so bauen würden, dann würden wir auch schön aus den Trümmern schauen, und die Handarbeit dort soll man nicht anschauen können, denn wenn man genau hinschaut, sieht man, daß alles nur Pfusch ist, hat der Bruder von der Waltraud erzählt. Er war drüben und hat sich das angeschaut. Kultur hätten sie keine, hat er gesagt, beim Wohnen nicht und beim Essen sowieso nicht. Die Wohnung, die der James und die Waltraud haben, soll ganz schön sein, aber genau hinschauen dürfe man nirgends, hat der Bruder von der Waltraud gesagt. Alles sei so schlampig gemacht, das würde bei uns nicht einmal auf einem öffentlichen Bau durchgehen, und das will was heißen. Die Fenster, sagt der Bruder, und da muß er sich auskennen als Tischlermeister, seien alle aus Plastik, und drinnen, hauchdünne Scheiben, so daß man sie mit der bloßen Hand eindrücken kann, und dick mit Silikon in das Plastik hineingeschmiert seien sie, kein Wunder, daß die Kriminalität so hoch ist, wenn man überall mir nichts, dir nichts hineinkann.
Wenn ich daran denke, wie ich aufpasse, wenn ich allein bin. Ich sperre immer zu und schaue zuerst beim Fenster hinaus, ob ich den kenne, der da läutet. Jetzt

kommen dauernd Neger vorbei, man könnte glauben, man sei in Amerika, dort gibt es auch so viele, und die wollen Bilder verkaufen, Heiligenbilder, schön, das schon, aber ich brauche sie nicht, ich brauche sowieso nichts mehr, die paar Jahre, die ich noch habe, nicht einmal ein Heiligenbild. Ich habe noch nie ein Bild genommen, aber die Schwiegertochter gibt ihnen immer Geld, wenn sie daheim ist, nur ich schicke die Neger immer gleich fort, bevor die Schwiegertochter einen von ihnen sieht, weil ich nicht will, daß sie das Geld zum Fenster hinauswirft, denn wer weiß, was die Neger damit tun. Auf der anderen Seite haben wir dauernd fremde Kinder im Haus, weil die Schwiegertochter Nachhilfeunterricht gibt, damit sie etwas dazuverdient zu ihrem Lehrerinnengehalt, und dann schiebt sie den Negern das Geld vorne und hinten hinein, und das mit der Nachhilfe ist mir auch nicht recht, weil sie das nicht notwendig hat, daß sie dazuverdient. Sie soll lieber ordentlich bügeln und putzen. Für diese Arbeit möchte sie am liebsten jemanden ins Haus holen.

Sie sagt zwar immer, sie mache das nicht wegen des Geldes, ihr ist es wichtig, daß die Kinder eine Chance haben, einen ordentlichen Beruf zu erlernen, wenn sie mit der Schule fertig sind. Aber sollen sie doch selber schauen, wie sie weiterkommen. Um meine Kinder hat sich auch niemand gekümmert und trotzdem ist was geworden aus ihnen. Die Schwiegertochter hat mit den eigenen Kindern genug zu tun, sie muß sich nicht auch noch um die fremden kümmern. Und um die Neger. Auf allen Kirchtagen muß sie tanzen, die Schwieger-

tochter, anstatt daß sie einmal daheim bliebe und sich um den Haushalt kümmern würde. Ich sperre die Tür immer zu, wenn die Neger kommen, und den Hund habe ich auch im Haus herinnen, weil man nie weiß, was passiert, wenn sie kommen, die Schwarzen.
Ich habe zwar noch nie gehört, daß etwas weggekommen ist, aber es ist trotzdem nicht mehr so wie früher, daß man alles offen stehenlassen kann. Man erfährt auch nicht mehr, was los ist in der Umgebung. Früher sind die Leute vorbeigekommen auf ein Glas Most, sie haben sich in die Stube gesetzt und erzählt, was sich tut in der Welt. Heute telefonieren sie nur mehr, aber sie kommen nicht mehr her, und ich telefoniere nicht gern, und die Jungen erzählen mir auch nicht immer, was los ist, und wenn man nicht ständig fernschaut, weiß man überhaupt nicht mehr, was um einen herum passiert. Nicht, daß ich von Einbrüchen gehört hätte, aber die Leute werden schon gut aufpassen, bei uns drückt man eine Scheibe nicht so leicht ein wie in Amerika, und wenn einer mit dem Hammer eine Scheibe zerschlägt, dann hört das schon jemand im Dorf und kommt nachschauen, obwohl ich nicht nachschauen ginge, ich hätte zuviel Angst am Abend, oder in der Nacht, ich würde vielleicht einen Nachbarn anrufen und ihn bitten, daß er nachschauen gehen soll, mit einem Gewehr. Denn nebenan, da geht es zu, ich hätte nicht gedacht, daß so etwas einmal herkommen würde zu uns. Sie haben auf dem Nachbargrundstück Sozialwohnungen gebaut. Den Stall, wo früher die Schweine waren und das Vieh gestanden ist, haben sie umgebaut zu Wohnungen, und dort leben jetzt irgendwelche Leute, die sich kein Haus

und keinen Hof leisten können, die meisten sind arbeitslos. Ob sie keine Arbeit finden oder keine Arbeit finden wollen, wer weiß das schon. Aber wenn einer in einen ehemaligen Stall wohnen geht, dann kann man sich vorstellen, wo er herkommt. Erst im letzten Frühjahr hat sich eine junge Frau erhängt, dort drüben im Obstgarten, mein Sohn hat sie baumeln sehen. Er hat sie auch gleich heruntergeschnitten vom Birnenbaum, aber sie war schon kalt, und wahrscheinlich hat sie schon die ganze Nacht dort gehangen. In der Hoffnung ist sie gewesen, und Zwillinge hätte sie kriegen sollen. Ich verstehe das, wenn du allein bist und Zwillinge kriegst, da kannst du dich gleich erhängen. Ich weiß, wie das ist, mit einem ledigen Kind, ich habe es auch nicht leicht gehabt, damals. Und dann die Nachrede bei den Leuten. Aber großteils ist das schon ein Gesindel, hier nebenan. Im Sommer, wenn die Fenster offenstehen, hört man sie in der Nacht schreien und plärren: ich bring dich um, und man hört sie ordinär lachen, auch die Frauen, wenn sie vom Gasthaus heimtorkeln, rauchend und speiend, und die Kinder sind frech, wenn man zu ihnen etwas sagt, hängen sie einem eine Goschen an. Jede Woche ist die Gendarmerie einmal drüben, weil sie einander dauernd anzeigen, gegenseitig.
Natürlich haben wir auch manchmal gestritten, mein Mann und ich. Aber nicht so. Ich habe mich fürchterlich ärgern können, wenn er mit einem Spitz heimgekommen ist, ein hochrotes Gesicht gehabt hat und geschaut hat wie der hellerleuchtete Leibhaftige selbst. Dann habe ich meinen Mund auch nicht immer halten können, noch dazu, wo der Schwiegervater auch gesof-

fen hat und seine Frau geschlagen hat im Rausch. Es ist schon manchmal zugegangen bei uns. Ich habe viel mitgemacht in diesem Haus, und zu mir war der Schwiegervater immer grauslich. Mich hat er nicht mögen, weil ich das ledige Kind gehabt habe, das ich nicht mitbringen durfte ins Haus. Und weil ich so sauber war, habe ich manchmal einen Wirbel gemacht, wenn er mit den dreckigen Stallzockeln hereingegangen ist. Wenn ich den Boden frisch gerieben hatte, und wenn er dann auf den Boden gespuckt hat, dann habe ich meinen Mund auch nicht immer halten können.

Die Schwiegermutter hat nie etwas gesagt, sie hat sowieso nichts zu reden gehabt. Der Schwiegervater hat jeden Groschen versoffen, und sie ist ihn um jedes Scheit Holz fragen gegangen, bevor sie zur Triste gegangen ist. Kohlen haben sie sowieso keine gehabt, eiskalt war die Bude im Winter, aber als die Kinder gekommen sind, habe ich Kohle gekauft, sie wären mir sonst erfroren in der Kälte. Aber der Schwiegervater hat es nicht zugelassen, daß ich die Kinder in der warmen Stube gewickelt habe. Es hat ihm gegraust vor dem Geruch, und ich habe mit ihnen ins kalte Stübel wickeln gehen müssen, so war das. Die Kinder waren auch dauernd verkühlt, aber was hätte ich machen sollen, es hat uns nichts gehört, wir haben froh sein können, daß wir wohnen haben dürfen im Haus vom Schwiegervater, und wo hätten wir hingehen sollen mit zwei kleinen Kindern und ohne Geld. Es hat niemanden gegeben, der gesagt hätte, kommt nur, bei uns könnt ihr wohnen, so wie bei der Waltraud und ihrem Amerikaner, die es sich aussuchen können, ob sie in Europa leben wollen

oder in Amerika, und wo die Eltern eine Freude haben, daß sie es noch erleben dürfen, daß die Tochter heimkommt und ein Enkelkind mitbringt. Ich werde das wohl nicht mehr erleben.
Zum Glück ist meine Tochter nicht bis nach Amerika gegangen, aber Wien ist auch weit weg, und auf meine alten Tage ist es wie Amerika, weil alles, wo man nicht mehr hinkommt, so weit weg ist wie Amerika, und meine Tochter kommt auch nur ein paarmal im Jahr nach Hause, und zum Reden habe ich auch niemand Gescheiten. Mein Sohn hat seine Arbeit, und die Schwiegertochter ist keine Tochter, sie hat selber eine Mutter, mit der sie über alles redet, und bei den Jungen muß man wissen, wann man etwas sagen darf, wenn man nicht streiten will, und weggehen will ich auch nicht, ich geh ja nicht gut mit meinem offenen Fuß, und bucklig bin ich auch schon und eigentlich bräuchte ich einen Stock, aber wie schaut das denn aus, wenn mich die Leute mit einem Stock gehen sehen, die glauben dann, die Alte ist schon so weit, daß sie es nicht mehr lange macht.
Dabei hätte ich es so gern gehabt, daß meine Tochter geblieben wäre und den Tierarzt geheiratet hätte. Ich hätte ihr den Haushalt gemacht, auf die Kinder geschaut, und sie hätte im Ort auf und ab gehen können als Frau Doktor. Aber sie wollte nicht heiraten. Sie hat unbedingt studieren gehen müssen, und ihr Geld wollte sie selber verdienen. Und jetzt muß sie kämpfen, daß es sich irgendwie ausgeht mit dem Leben. Wenn sie schön still gewesen wäre und nachgegeben hätte, sie wären schon ausgekommen miteinander, der Tierarzt und sie,

und wozu ihre Studiererei gut gewesen sein soll, weiß kein Mensch. Schauspielerin ist sie geworden und spielt jetzt lauter grausliche Sachen, die sich ein anständiger Mensch sowieso nicht anschauen würde. Geschämt habe ich mich, als ich sie einmal im Fernsehen gesehen habe wegen einem Theater, in dem sie gespielt hat. Ordinär war das, und halbnackt hat sie sich begaffen lassen auf der Bühne, und dann hat sie auch noch solche Bewegungen gemacht, daß man sich genieren muß, wenn man hinschaut. Die Leute hier haben das auch im Fernsehen angesehen, und sie haben den Kopf geschüttelt. Ich bin wochenlang nicht aus dem Haus gegangen, damals, und das im Hochsommer, damit sie mich nicht haben anreden können darauf, und wenn jemand hergekommen ist und mich gefragt hat, ob ich das auch gesehen habe, dann habe ich gesagt, ich habe nichts gehört und nichts gesehen und bin weggegangen. Und als die Tochter wieder einmal heimgekommen ist, habe ich zu ihr gesagt: Du brauchst mir gar nichts erzählen davon, wenn du wieder einmal im Fernsehen bist, ich will nichts wissen darüber, und wenn ich nichts weiß, muß ich mich auch nicht schämen für dich.
So ein schönes Leben hätte sie haben können beim Tierarzt, ein großes Haus hat er gebaut, mit einem Garten und einem Biotop, sie hätte sich nur ein bißchen um die Ordination kümmern und ihm die Buchhaltung machen müssen, dann wären ihr nicht so Blödsinnigkeiten eingefallen wie die Schauspielerei, und sie würde nicht auf einer offenen Bühne herumgehen und über das Scheißen reden wie über ein Kochrezept. Ich kann mich noch gut erinnern, wie das Stück geheißen hat.

Die Präsidentinnen, und ich habe gedacht, das würde so etwas sein wie eine Königinnengeschichte, und ich war stolz auf meine Tochter, bevor ich das gesehen habe, und ich habe geglaubt, daß sie es doch noch zu was gebracht hat und eine Königin spielen darf, und dann spielt sie das Herrschaftliche auch noch so gut, daß sie es im Fernsehen zeigen. Und dann ist sie nur auf einer Kloschüssel gesessen und hat über das Kacken geredet in einer Ausführlichkeit, daß man hätte denken können, sie kommt aus einer der Saustallwohnungen da nebenan.

Alles haben wir getan, damit sie den Tierarzt heiratet. Lange danach, als sie längst schon weg war und auf Wien gegangen ist, ist er immer noch hergekommen nach der Fleischbeschau und hat bei uns zu Mittag gegessen und hat gesagt, er würde sie noch immer nehmen, wenn sie zurückkommen würde, und ich habe geglaubt, ich kann es erzwingen und ertrotzen, und habe nichts mehr gegessen, bis ich ganz eingefallen war, weil ich gedacht habe, sie kommt vielleicht zurück, wenn ich zum Sterben bin, und wird gescheiter und heiratet ihn.

Aber sie ist nicht zurückgekommen, und wenn sie jetzt einmal vorbeischaut daheim, was selten genug vorkommt, dann behauptet sie auch noch, daß es ihr nicht schlechtginge, so wie sie lebt. Wenn das wirklich stimmt, dann sicher nicht, weil sie von ihrer Schauspielerei so gut leben kann. Sie hat gesagt, daß sie jetzt einen hat, der ihr sogar die Knöpfe an ihrem Mantel annäht, wenn sie abgerissen sind. Das hätte der Tierarzt nie gemacht, dafür ist er zu sehr ein Mann. Und wenn er seine dreckigen Stiefel auch nicht selber gewaschen hat, weil er dafür zu sehr ein Mann war, dann kann ich nur sagen: das hätte ich schon gemacht, da hätte sich meine feine Tochter keine Sorgen machen müssen. Sie hat immer einen großen Bogen um alles gemacht, wo Arbeit draufgestanden ist, und ich habe auch nie verstehen können, warum der Tierarzt grad sie wollte, wo es viel nettere Mädel gegeben hat, die gewußt haben, was sie zu tun gehabt hätten, und die dankbar gewesen wären, wenn sie so einer geheiratet hätte. Meine Tochter hat nie Hände gehabt, die etwas angegriffen hätten, und was sie in ihrem Kopf hat, das hat auch nie hineingepaßt in unsere Gegend.

3

Ich bin neugierig, wie es dem James gehen wird bei uns. Zuerst muß er einmal Deutsch lernen, wenn er hier arbeiten will, und Alkohol wird er auch lernen, daß er trinken muß, sonst wird er es nicht leicht haben mit dem Schwiegervater, der gern sein Achtel trinkt. Auf die Berge freut er sich schon, und auf den Schnee. Schifahren möchte er auch lernen, er ist ein Naturbursch, und mit seinem Schwiegervater möchte er auf die Jagd gehen, und der Schwiegervater hat gesagt, er würde ihm schon noch beibringen, was ein echter Steirer ist, weil Steirermen sind very good, hat er gesagt und gelacht. Ich bin neugierig, wie lange es dauern wird, bis der James auch sein Achtel trinkt.
Die Kleine wollen sie hier taufen lassen. Sie haben zwar schon eine Nottaufe gemacht, drüben in Amerika, falls sie abstürzen, nicht daß die Kleine als einzige vielleicht nicht in den Himmel kommt, aber die schöne, große Taufe wollen sie hier machen, in der Heimat.
Wenn man ein paar Jahre weg war, sieht man vielleicht besser, wo es am schönsten ist und daß einem niemand näher ist als Mutter und Vater. Die Mutter hat der Waltraud sogar das Haus versprochen, wenn sie zurückkäme, und blöd wäre die Waltraud gewesen, wenn sie auf alles verzichtet hätte und drüben geblieben wäre, zur Miete, in einem fremden Haus, in einem fremden Land. Die Mutter ist nicht sehr begeistert von ihrem Schwiegersohn, obwohl sie gesagt hat, daß er die Waltraud auf Händen trägt. Lieber wäre es ihr gewesen, sie

hätte den Mechaniker oder den Schneider im Ort geheiratet, weil sich die Zeiten auch geändert haben und der Mechaniker jetzt ein Autohaus hat und der junge Schneider ein Modehaus. Die Zeit ist auch bei uns nicht stehengeblieben, und alle verdienen gut. Aber ein bißchen komisch war die Waltraud immer schon, denn sie hätte beide haben können, allein schon, weil ihre Eltern keine Armen sind, und ihr Bruder hat es auch so gemacht und die vermögende Konditorstochter genommen. Jetzt hat er ein Riesenhaus und eine komplett neue Tischlerei, alles elektrisch, einen offenen Mercedes und ein Motorrad. Das kommt nicht alles von nichts. Natürlich ist er tüchtig auch, aber einen Grundstock muß es schon geben, wenn man tüchtig was werden will. Und wenn man die Waltraud anschaut, jetzt, nachdem sie sieben Jahre in Amerika war, wenn man genau hinschaut, dann sieht man, daß sie mit nichts gegangen ist und mit nichts zurückgekommen ist, einen Mann hat sie, den sie hier auch bekommen hätte, und ein Kind hat sie, aber sonst ist sie zu nichts gekommen in Amerika, auch wenn dort das Geld auf der Straße liegen soll. Irgendwie dürfte sie es nicht liegen gesehen haben, und der James auch nicht, und ich weiß nicht, wie tüchtig er wirklich ist, ich weiß nur, daß sie es nicht einmal zu einem eigenen Haus gebracht haben in Amerika, dabei kann so ein Haus dort nicht die Welt kosten, aus Blech und Pappendeckel. Bitteschön, ich bin nie drüben gewesen, und mir wäre auch nichts darum. Ich bin nur froh, daß meine Kinder nicht so weit weggegangen sind. Nicht einmal bis nach Wien bin ich gekommen, obwohl meine Tochter immer wieder gesagt hat, daß ich einmal kommen soll. Aber was sollte ich dort auch tun, in der Wienerstadt. Wann immer sie will, kann sie nach Hause kommen. Nicht einmal nach Graz komme ich mehr, seit sie das Krankenhaus bei uns gebaut haben. Und das ist praktisch, jetzt, wo alle sterben, so daß ich nicht mehr so weit fahren muß. Mit dem Zug war das mehr als eine Stunde, und dann noch eine halbe dazu mit der Straßenbahn. Bei meiner Mutter war das immer eine Fahrerei, und dann ist sie doch in der Nacht gestorben, als kein Zug mehr gegangen ist. Bei meinem Bruder war es schon viel kommoder. Er war bei uns im Bezirkskrankenhaus. Wir sind Tag und Nacht bei ihm gesessen, und geröchelt hat er, zum Erbarmen, aber geraucht hat er bis zum Schluß. Wie oft habe ich ihm gesagt, daß er aufhören soll, aber er hat nur gemeint, bevor ich aufhöre, bringe ich mich um. Und dann haben sie ihn erwischt, als er die Schlaftabletten genommen hat, und dann haben sie ihn ins Krankenhaus gebracht, damit er sich nicht hat umbringen können, und wir sind gesessen bei ihm und er hat geschrieen vor Schmerzen mit seinem Lungenkrebs, aber die Ärzte haben ihm nicht so viele Medikamente gegeben, wie er gebraucht hätte, wegen der ärztlichen Vorschrift, und ich habe ihm gesagt: Hättest du nicht soviel geraucht, ich habe es dir immer gesagt. Und dann hat es noch Wochen gedauert, bis er endlich soweit war, und jeden Tag sind wir gesessen bei ihm, seine Frau, seine Kinder und wir Geschwister, und Herbst ist es gewesen und soviel Arbeit wäre gewesen, und ich habe hinausgeschaut beim Zimmerfenster, so schöne Tage sind es gewesen, und ich hätte Kürbisse zum Putzen gehabt und Erdäpfel

zum Ausgraben, ich sage, wie es ist, da hat es mir schon leid getan um die schöne Zeit. Aber die Leute sterben gern im Herbst, und ich muß immer noch daran denken, wieviel mein Bruder geschrieen hat, bis er endlich soweit war. Gut, daß meine ehelichen Kinder keine Raucher sind, denn das ist kein schöner Tod.
Sie ist auch schon gestorben, die Frau von meinem Bruder, vorigen Herbst ist es gewesen. Dabei ist sie eine herzensgute Frau gewesen, und hat auch Krebs gehabt. Zum Schluß haben sie ihr nur mehr den Bauch aufgeschnitten, hineingeschaut und alles wieder zugemacht, im Krankenhaus. Oft war ich nicht bei ihr, was hätte ich dort auch herumsitzen sollen bei dem schönen Wetter. Aus dem Garten war der Salat zum Hineinräumen, und meistens ist sie nur mehr dagelegen und hat ganz schlecht ausgeschaut. Und als ich sie dann besuchen war und ihr gesagt habe, daß sie gar nicht gut ausschaut, hat sie nur mehr abgewinkt und nichts Gescheites mehr sagen können, und jetzt bin ich die letzte, die noch übrig ist von meiner Verwandtschaft. Aber ich schaue gut auf meine Gesundheit und esse jeden Tag einen Apfel, und an der frischen Luft bin ich sowieso. Nicht nachgeben ist wichtig, nicht nachgeben, auch bei der Arbeit nicht, auch dann nicht, wenn die Jungen sagen, daß die Alte nicht mehr kann, ich habe es ihnen immer noch gezeigt, wie sie kann. Natürlich sagen sie nicht die Alte, aber meinen tun sie es, ich bin noch nicht altersschwachsinnig, daß ich so etwas nicht merken würde. Aber ich leide lieber still vor mich hin, das habe ich immer so gemacht, ein Leben lang, auch als mein Mann noch gelebt hat. Ich habe mich nie nach vorne gedrängt,

ich habe alles genommen, wie es gekommen ist, immer habe ich das Schicksal auf meine Schultern genommen und es ertragen. Auch als die Sache mit meinem Sohn war, dem ledigen. Kränken tu ich mich nur heimlich und in mein Innerstes lasse ich sowieso niemanden hinein. Habe ich nie gelassen, mein Leben lang nicht. Das geht nur meinen Herrgott und mich etwas an. Und wenn ich nicht mehr so oft in die Kirche gehe wie früher, hat das nichts mit meinem Herrgott zu tun, sondern mit dem neuen Pfarrer. Der kann einem den Glauben nicht so nahebringen, wie der alte das können hat. Der war ein gestandenes Mannsbild, und wenn er die Hände erhoben hat, seine schönen weißen Hände, die nicht zerschunden waren von der Arbeit, und wenn er uns angeschaut hat, mit seinen blauen Augen, vom Altar her angeschaut, dann hast du geglaubt, der Herrgott selber stehe vor dir. Der neue Pfarrer ist unbeholfen und schaut auch nach nichts aus, und man fragt sich, ob es der Herrgott notwendig hat, daß er solche Kreaturen zu seinen Vertretern auf der Erde macht. Wenn man die höheren Würdenträger anschaut, fragt man sich das natürlich auch. Aber Gottes Gedanken sind bestimmt größer, als daß eine einfache Frau sie verstehen könnte. Außerdem kann ich nicht mehr so lange sitzen in der Kirche mit meinem kaputten Kreuz, und der neue Pfarrer bringt nichts weiter bei der Messe, da schläft man ein, und dann darf man nicht vergessen, daß ich sowieso ständig in die Kirche gehen muß, wegen der vielen Begräbnisse, die jetzt anfallen, wo alle wegsterben, in meinem Alter.

4

Auf dem Friedhof ist es jetzt besonders schön, da alles blüht. Endlich haben wir den Grabstein für den Buben bekommen. Schön ist er, und nur den Namen haben wir draufschreiben lassen und das Geburts- und das Sterbejahr. Drei Jahre ist es her. Im September sind es drei Jahre gewesen, ich kann mich noch gut erinnern, als der Anruf gekommen ist. Ich bin beim Schweinestall gesessen und habe Kürbisse geputzt. Es hat sich keiner etwas gedacht, wie denn auch, wer hätte mit so etwas gerechnet. Dabei waren sie nette Leute, im Sommer bin ich noch draußen gewesen bei ihnen, Mama hin und Mama her, hat seine Frau mit mir herumgetan, und jeden Tag sind sie mit mir ausgefahren und haben mir alles gezeigt. Das große, schöne Haus, das sie geerbt hat, mein Gott, so schön hätten sie es haben können miteinander. Er hat schon ein paarmal herumgeschrieen, aber das war seine Art, und mit der Kleinen war er ganz lieb, an dem Kind hat er einen Narren gefressen gehabt. Natürlich ist er zornig geworden, wenn sie nicht aufgehört hat, ihn zu sekkieren, und das hat sie können, da braucht man nicht glauben, sie wäre immer nur eine Brave gewesen, dann hat er ihr schon einmal eine aufgelegt auch, daß es nur so gepatscht hat, aber dann ist Ruhe gewesen, weil sie gespürt hat, daß es genug war. Wenn sie geplärrt hat, ist er aber sofort wieder zu ihr hingelaufen, und hat ihr gegeben, was sie wollte, Zuckerln und Schokolade, und fernsehen hat sie dürfen, nur zornig hat man ihn nicht machen dürfen, das hat er nicht vertragen, auch nicht bei mir. Mich hat er genauso angeschrieen, wenn ich etwas gesagt habe, nein, sagen hat er sich nichts lassen, da war er stur, und am Anfang wird seine Frau nachgegeben haben, aber dann nicht mehr, und da wird er immer öfter zornig geworden sein, wie das so ist, wenn man länger zusammenlebt und wenn nicht mehr nur die Liebe zählt. Ich habe nie etwas gesagt, nur ein einziges Mal habe ich den Mund aufgemacht und gemeint, er solle sie nicht so anschreien. Mehr habe ich nicht gebraucht, ich habe eine ums Maul bekommen, dann war ich wieder still und habe mir gedacht, es ist wahr, was geht es dich an, daß du dich einmischst, außerdem war ich nur eine Woche auf Besuch, was hätte ich groß verändern können. Aber was sonst noch gewesen ist, das habe ich nicht gewußt. Und er hätte nie etwas gesagt zu irgend jemandem, er hat auch zu mir nie etwas gesagt, da war er wie ich. Er hätte sich auch lieber die Zunge abgebissen, als von sich etwas zu erzählen. Da kann man nichts machen, die Menschen sind so, wie sie sind. Natürlich hätte er jederzeit heimkommen können, wenn er ein Wort gesagt hätte, aber Platz wäre nicht viel gewesen hier, und eine Arbeit hätte er sich erst suchen müssen, da bei uns. Aber er war tüchtig als Elektriker, er wäre bestimmt untergekommen in seinem Beruf.

Wenn sie den Brief nicht gefunden hätten, ich hätte geglaubt, daß er eine Krankheit gehabt hat, und so, wie er geraucht hat, wäre das kein Wunder gewesen. Seine Schwiegereltern waren beim Begräbnis da, ich erinnere mich noch genau. Meine Tochter hat sie gleich ausgefragt, und mir ist es nicht recht gewesen, daß sie soviel gefragt hat, weil ich bei denen auf Besuch war und weil sie ganz freundliche Leute gewesen sind und aufgekocht haben. Einen Mordsschweinsbraten hat es gegeben, mein Bub hat gern gegessen, und ich weiß es noch, daß trotzdem viel übriggeblieben ist, und ich kann nicht soviel essen, wenn ich nicht arbeite und den ganzen Tag herumsitze, da geht nichts weiter, im Darm nicht und mit der Arbeit auch nicht.

Meine Tochter hat dauernd angerufen und nachgefragt bei der Polizei, ich wäre dazu nicht imstande gewesen, und dann haben sie gesagt, daß ich den Brief anfordern müsse, oder meine Tochter und mein anderer Sohn müßten ihn anfordern, irgendein direkter Verwandter müsse es sein, und dann haben wir gewußt, was wirklich los gewesen ist. Er wird schon gewußt haben, warum er den Brief im Socken versteckt hat: damit sie ihn nicht findet, weil den Rock oder die Hose hätte sie vielleicht noch durchsucht, ob Geld drinnen sei, aber er hat alles hineingesteckt in die Familie, was er verdient hat, und erspart hat er sich nie etwas gehabt, schon früher nicht, als er noch mit seiner ersten Frau zusammen war.

Ganz weiß soll er gewesen sein im Gesicht, am letzten Tag, hat sie mir erzählt, als sie angerufen hat, und daß er nichts mehr geredet habe, und sie hätte überhaupt nicht gewußt, warum er es getan habe, das falsche Luder, und wenn die Polizei den Brief nicht gefunden hätte, würden wir es heute noch nicht wissen.

Meine Enkelin werde ich nicht mehr sehen, und die Kleine wird mich auch nicht mehr sehen, wie soll das gehen, jetzt. Ich kann mit meiner Schwiegertochter

nicht reden, als ob nichts gewesen wäre. Aber der Sohn von meinem Ledigen, aus seiner ersten Ehe, der redet noch mit ihr. Sie ruft ihn manchmal an und erzählt ihm, wie es ihr so gehe und der Kleinen. Sie hat den anderen inzwischen geheiratet, wegen dem sich mein Bub das angetan hat.
Dabei habe ich so schön auf ihn geschaut, als er klein war. Jede Woche bin ich zu ihm gefahren und habe für ihn gewaschen und genäht. Ein lieber Bub ist er gewesen. Mitnehmen habe ich ihn nicht dürfen in meine Ehe, der Schwiegervater hätte das nie erlaubt. Außerdem hat es der Kleine schön gehabt daheim, bei meinen Eltern. Sie haben ihn gerngehabt und er war immer sauber beisammen. Mein jüngster Bruder war noch so jung, sie waren fast wie Geschwister miteinander. Den Vater von meinem ledigen Sohn habe ich nicht heiraten dürfen. Nie hätten meine Eltern das zugelassen. Er hat nichts gehabt von daheim, und ich hätte nichts bekommen von daheim, wo hätten wir hingehen sollen? Wenn man nichts gelernt hat und nichts hat, bleibt kein Ort, wo man hingehen kann. Er hat dann in eine Landwirtschaft eingeheiratet, und ich auch. Mir hat aber nicht nur die Landwirtschaft gefallen, in die ich eingeheiratet habe. Mein Mann hat mir auch gefallen. Er ist mir schon beim Kirchgang aufgefallen, wenn er mit seinem Motorrad dahergekommen ist. Ein richtiger Angeber ist er gewesen. Das hat mir immer schon gefallen. Wenn einer so dahergekommen ist, daß man gleich hat hinschauen müssen und sich denken hat müssen: Den möchte ich, weil den alle wollen. Und dann hat er wirklich ein Auge auf mich geworfen, und das hat gutgetan,

weil ich mir habe denken können, daß ich doch was Besonderes bin, wenn so einer auf so eine schaut. Und dann habe ich auf die anderen geschaut, wie sie dreinschauen, weil er mich angeschaut hat und nicht sie, die er links liegengelassen hat mit seinem Auge, das er auf mich geworfen hat, und ich habe so einen Triumph gekriegt im Blick, weil ich den Neid gesehen habe, mit dem sie mich angeschaut haben. Und das hat sehr gutgetan, weil das ein Moment war, in dem ich auch wer gewesen bin. Und so habe ich mich gleich draufgesetzt auf seine Maschine, im Damensitz, mit meinem engen Rock, und habe mich ausführen lassen, bis ich schwanger gewesen bin und er mich heimgeführt hat als seine Braut. Und als ich dann angefangen habe, hineinzugehen in das Haus, in dem er daheim war, habe ich schon gesehen, daß es dort vorbei war mit seiner Angeberei, weil daheim sein Vater angegeben hat, den Ton und alles andere auch, und der Sohn ist sehr klein geworden neben dem Vater und hat nichts zu reden gehabt, aber das hat man nur gesehen, wenn man daheim war bei denen und die einen Neid gehabt haben und geschaut haben vor Neid, die haben das nicht gewußt, und sie haben noch immer einen Neid gehabt, daß ich hinein habe dürfen, bei denen ins Haus. Und sie haben es auch noch ungerecht gefunden, daß gerade ich so einen bekommen habe, den alle gern gehabt hätten, obwohl ich ein lediges Kind gehabt habe und zur Strafe überhaupt keinen mehr hätte kriegen dürfen, nachdem ich den Vater von dem ledigen Buben nicht geheiratet habe. Dabei hätte ich ihn doch geheiratet, wenn mich die Eltern gelassen hätten und wenn wir etwas gehabt hätten, der Vater von dem Buben und ich, wo wir hätten wohnen können, aber nein, er hat in eine Wirtschaft einheiraten müssen, weil er nicht der Älteste war, und ich war die Älteste und habe auch in eine Wirtschaft einheiraten müssen, weil ich kein Bub war und weil nur ein Bub die Wirtschaft gekriegt hat, auch wenn er nicht der Älteste war, und ein Mädel hat sie nur dann gekriegt, wenn die Eltern gar keinen Buben gekriegt haben und ihnen nichts anderes übriggeblieben ist, als dem Mädel die Wirtschaft zu geben. Und mein Mann hat auch von daher gut gepaßt, nicht nur, weil er ein Angeber war, er ist auch der Älteste gewesen, und er hat die Wirtschaft gekriegt, zumindest hat es geheißen, daß er sie einmal kriegen würde, wenn sein Vater nicht mehr am Leben sei. Natürlich haben wir gewußt, daß es noch lang dauern kann, denn so ein sturer Bauer ist zäh, wenn er ein Leben lang in der frischen Luft war, und im Krieg, wo er auch in der Luft war, in Rußland, wo er für das Vaterland gekämpft hat, was alles nichts genützt hat, wie wir dann gesehen haben, nach dem Krieg. Da hat es aber nicht mehr viel zu schauen gegeben für uns Mädels, weil so viele Burschen in Stalingrad geblieben sind, ewig schade ist es um sie gewesen, aber dafür sind dann mehr Buben als Mädchen auf die Welt gekommen, wie immer vor und nach einem Krieg. Und ich habe im Endeffekt ja auch zwei Buben gekriegt und nur ein Mädel, und mein Ältester ist zwar nicht in Rußland geblieben, aber in Deutschland, wohin er unbedingt hat gehen müssen, nach Berchtesgaden, zu einer Frau, die viel zu jung gewesen ist für ihn und die auch noch ein Kind bekommen hat, obwohl er schon eines gehabt hat, um das ich mich habe kümmern müssen, weil er weggegangen ist von da und weil seine erste Frau nicht gescheit genug schauen hat können darauf, ohne Geld und einen gescheiten Mann. Und dann hat bei ihm ein neues Kind hermüssen, mit der neuen Frau, und das Kind war herzig, und er ist ganz närrisch darauf gewesen, und ich habe dem Kind einen Golddukaten geschickt, immer, zu Weihnachten und zum Geburtstag, denn gesehen habe ich mein Enkelkind nicht oft, da sie in Deutschland gelebt haben, und jetzt sehe ich das Kind gar nicht mehr, weil ich keinen Kontakt mehr habe zu Mutter und Kind, und wie sollte ich auch einen haben, jetzt, nachdem die Mutter von dem Kind meinen Buben in den Tod getrieben hat. Und ich habe die Überführung bezahlt, weil ich wollte, daß er wenigstens beerdigt wird daheim, in der Muttererde, wenn es ihm schon nicht vergönnt gewesen ist, daheim zu sterben, und wo hätten sie ihn auch begraben sollen in Berchtesgaden, vielleicht im fremden Familiengrab, nachdem seine Frau sogar die Rechnung von ihrem Partezettel an mich geschickt hat, aber sich zum Begräbnis nicht mehr hergetraut hat, auch wenn sie nicht gewußt hat, daß es einen Abschiedsbrief gibt. Sein Chef ist gekommen, die ganze weite Strecke, von Deutschland her, zum Begräbnis ist er gekommen, ein anständiger Mensch war er, der natürlich gewußt hat, daß sie einen anderen hat, wie man so was weiß in einer kleinen Stadt. Wenn ich heute nachdenke, was mein Bub alles gesagt hat bei meinem letzten Besuch, dann hat er es vielleicht angedeutet, daß er sich umbringen würde, aber ich habe das damals nicht hören können, und wenn ich es hören hätte können, hätte ich es nicht glauben wollen, weil sie so nett getan hat bei mir und mit mir, die deutsche Frau von meinem Buben, Mutti hin und Mutti her hat sie getan, und dabei hat sie schon längst mit einem anderen herumgetan, und ihn hat sie nur mehr eingeteilt zum Kindaufpassen, damit sie hat fortgehen können, zu dem anderen. Wenn er doch ein Wort gesagt hätte zu mir, nur ein Wort, gesagt und nicht angedeutet, aber nichts hat er je deutlich gesagt, er hat alles hineingefressen in sich, bis er innerlich so aufgefressen war, daß er keinen Ausweg mehr gesehen hat. Und als ich doch mehr wissen wollte, habe ich seinen Chef angerufen, und der Chef hat gesagt, daß er ein guter Kerl gewesen sei und daß er beim Kegeln einmal gesagt habe, daß er sich ein Leben mit Familie nicht noch einmal antun würde, da würde er sich lieber etwas antun, als noch einmal von vorne anzufangen.

Und ich habe mir gedacht, so schlimm das alles ist, aber irgendwie verstehe ich ihn, daß er nicht noch einmal alles hergeben wollte mit seinen fünfzig Jahren, und welche Frau nimmt schon einen, der zwei Scheidungen hinter sich hat und für zwei Kinder zahlen muß, so daß sie ihm für die Jause noch was drauflegen muß, wenn er in die Arbeit geht.

Er hat Pech gehabt und hat zweimal die Falsche erwischt, und es ist interessant gewesen, daß er zweimal die gleiche erwischt hat, ich meine vom Typ her, und wenn ich denke, daß es ein drittes Mal auch so gewesen wäre, da ist es gescheiter, man läßt es bleiben, ein für allemal.

Immer habe ich Sorgen gehabt mit dem Buben. Zuerst hat er nicht bleiben wollen, als ich weggegangen bin von daheim, obwohl ich jede Woche zu ihm gefahren bin, mit dem Rad, auch im Winter, und für ihn gewaschen und genäht habe. Das habe ich mir nicht nachsagen lassen, daß ich nicht schön auf ihn geschaut hätte. Ich habe auf alle schön geschaut und immer eingeheizt im Winter, damit sich die Kinder nicht verkühlen. Obwohl ich jedes Holzscheit selber habe hacken müssen, weil der Schwiegervater gesagt hat, daß die viele Heizerei eine Verschwendung sei, und sein Sohn hat getan, was sein Vater gesagt hat, und seine Frau auch, und so sind wir im Winter mit dem Mantel auf der Herdplatte gesessen, weil wir nur dann ein Scheit haben nachlegen dürfen, wenn das andere abgebrannt war, und er ist die ganze Zeit gesessen auf seinem Platz, hat eine Pfeife nach der anderen geraucht und uns gesagt, wann wir ein Scheit nachlegen dürfen, und ich habe Angst gehabt, daß mir die Kinder erfrieren, und so habe ich sie, als sie noch ganz klein waren, in einen Korb gegeben und in den Backofen gelegt, damit sie noch ein bißchen nachbrüten konnten, da beide in der kalten Jahreszeit geboren sind. Später habe ich Dachziegel gewärmt im Backofen und den Kindern in die Betten gelegt, damit sie es warm hatten, wenn ich sie schon nicht habe wikkeln dürfen in der Stube, weil es dem Schwiegervater zuviel gestunken hat. Wenn ich die Schwiegermutter gefragt habe, warum sie es sich gefallen lasse, daß ihr Mann bestimmt, wie warm wir es haben dürfen, und daß er mit den dreckigen Stallzockeln hineingeht ins Haus und den Saudreck dort läßt in der Stube, dann hat sie gesagt, daß sie nicht streiten will, und das ist auch der Fehler gewesen, daß wir alle nicht mit ihm streiten wollten, und je weniger wir einen Streit wollten, desto ärger hat er uns gequält.

Ich habe mir seinen Tod nicht gewünscht, bei Gott nicht, den habe ich noch nie jemandem gewünscht, weil man nicht weiß, wie so ein Wunsch zu einem zurückkommt, aber eine Erleichterung ist es schon gewesen, als der Schwiegervater nicht mehr gewesen ist, und ich nicht mehr jedes Stück Holz heimlich ins Haus habe bringen müssen und nicht mehr habe aufpassen müssen, daß er nicht hergeschaut hat, wenn ich heimlich ein Scheit nachgelegt habe, und mit seinem Tod ist es bei uns sehr lebendig geworden, weil wir niemanden mehr haben fragen müssen, wenn wir was Neues machen wollten.

Und die Nachbarinnen haben einen Neid gehabt, als bei uns der Vater gestorben ist und bei ihnen nicht, und auch noch ganz plötzlich ist es gewesen, von heute auf morgen, ein Schlaganfall, umgefallen ist er, ein paar Minuten geröchelt hat er, und aus war es. Kein Pflegefall, mit Dreckputzen und so. Ganz sauber hat er sich verabschiedet von dieser Welt, als hätte er gewußt, daß er mir die Jahre über genug Dreck gemacht hat, mit den Zockeln und dem Herumspucken im Haus. Die Nachbarin hat ihren Schwiegervater zehn Jahre länger am Hals gehabt, und eine andere hat ihn heute noch, seit fünfzehn Jahren ein Pflegefall, aber zäh, wahrscheinlich schaut sie zu gut auf ihn, sie ist auch ein herzensguter Mensch, und schon ganz bucklig und abgearbeitet, vom Hin- und Herbetten von ihrem Schwiegervater.

Ich habe ihr gesagt, wenn sie so weitertut, wird sie noch vor ihm ins Gras beißen, Magen hat sie keinen mehr, den haben sie ihr schon herausoperiert, weil sie vor lauter Essengeben keine Zeit dafür hat, sich einmal selber hinzusetzen und etwas Gescheites zu essen. Und ausschauen tut es bei denen, sie dürfen nichts herrichten, weil es der Vater nicht will, und wenn er auch nichts mehr tut und nichts mehr kann und alles unter sich läßt, was er frißt, den ganzen Dreck, den er frißt, läßt er unter sich, und das Maul hängt ihm schief im Gesicht von seinen Schlaganfällen, und die Hälfte von dem, was die Nachbarin auf der einen Seite hineinstopft, rinnt auf der anderen wieder heraus, und das meiste geht ihm fast flüssig durch, weil die Verdauung nicht mehr funktioniert bei den vielen Schlaganfällen, aber um den Jungen, die selber schon alt sind, zu verbieten, was herzurichten am Haus, dafür bringt er sein Maul immer noch auf. Ob ich den so lange pflegen würde? Dabei bräuchte man ihn nur einmal ins Krankenhaus geben, bei uns, da wäre man ihn gleich los, weil von dort kommt keiner zurück in seinem Alter. Alle sind dort geblieben: mein Mann, mein Bruder, meine Schwägerin. Ich glaube, die machen das schon richtig, wenn es dem Ende zugehen soll, und bei dem Nachbarn sollte es schon lange dem Ende zugehen, damit die Schwiegertochter auch noch was hat vom Leben. Ein bißchen müßte sie auch an sich denken, und ich weiß nicht, ob ich alles täte, was der Alte befiehlt, wenn er mir nichts mehr tun kann mit seinem Schlaganfall. Er müßte froh sein, daß sie überhaupt auf ihn schaut, da sie nicht einmal etwas überschrieben bekommen hat die vierzig Jahre, die sie auf dem Hof ist. Wenn es dem Alten einfallen würde, alles, was eh nichts ist, weil sie nichts haben herrichten dürfen, einem Fremden zu geben, dann hätte sie umsonst auf ihn geschaut und alles ertragen an Dreck und Arbeit, an Putzen und Waschen, und eigentlich ist es schon egal, ob sie jetzt noch was kriegt oder nicht, weil sie es sowieso nur mehr an die Kinder weitergeben kann, damit sie dann vielleicht auf sie schauen, wenn sie ein Pflegefall ist, und das wird nicht mehr lang dauern, wenn sie noch lange so gut auf den Alten schaut und ihn pflegt. Die Jungen machen nichts umsonst, die wollen alles haben, aber nichts tun, und wer weiß, ob auf mich einmal jemand schauen wird, wenn ich soweit bin, und darum muß ich schauen, daß ich noch lange nicht soweit komme, denn meine Tochter wird nicht nach Haus kommen und mich pflegen, und die Schwiegertochter ist jetzt schon dauernd unterwegs und macht ihre eigenen Geschäfte, anstatt daß sie sich um das Haus kümmern würde. Ich möchte nicht wissen, wie es da einmal ausschauen wird, wenn ich nicht mehr bin, aber es werden ihnen die Augen schon noch aufgehen, wenn sie mir einmal zugehen werden, und dann muß ich Gott sei Dank nicht mehr sehen, wie es hier ausschauen wird. Eine Saubere ist sie nie gewesen, die Schwiegertochter, woher auch, bei denen hat es immer ausgeschaut daheim. Wenn man hingekommen ist, sind einem die Säue aus dem Haus entgegengelaufen. Es hat dann immer geheißen, daß sie ein paar Ferkel mit der Flasche aufgezogen haben. Trotzdem, müssen die ins Haus fressen gehen? Wir essen unsere Schnitzel auch nicht im Saustall, oder? Nein, nein, Sauberkeit hat sie

keine gelernt daheim, da war immer nur Feiern und Fortgehen wichtig, jeder Geburtstag und jeder Namenstag wird bei denen gefeiert, und mir ist nichts darum, ich brauche nicht einmal ein Stück Torte zum Geburtstag, von dem cremigen Zeug wird einem nur schlecht, ich bin froh, wenn keiner redet über meinen Geburtstag, man wird nur älter mit jedem Jahr, das wieder vorbei ist. Der Mutter von der Waltraud hat der Bürgermeister gratulieren wollen zu ihrem Achtziger, aber sie hat gesagt, sie möchte das nicht, und wenn trotzdem wer käme, würde sie die Polizei rufen, weil sie keinen Geschenkekorb wolle, denn was sie zum Essen brauche, könne sie selber kaufen, und schönere Blumen, als sie im Garten habe, könne ihr auch niemand schenken. Sie wolle auch nicht fotografiert werden, und dann blöd aus den Heimatnachrichten schauen, nur weil sie so alt geworden sei, als ob es eine Leistung wäre, wenn man übrigbleibe. In Wirklichkeit will der Bürgermeister selber in die Heimatnachrichten, jede Woche, und weil sonst nichts los ist bei uns, braucht er die alten Weiber zum Gratulieren, damit er sein eigenes Gesicht jede Woche in den Heimatnachrichten anschauen kann. Wahrscheinlich schneidet seine Frau die Bilder aus der Zeitung aus und pickt sie in ein Heft, damit sie was zum Schauen haben, wenn er einmal nicht mehr Bürgermeister ist und nicht weiß, was er tun soll mit seiner übriggebliebenen Zeit.
Ich weiß immer etwas zu tun, und ich bin froh, daß es viel Arbeit gibt, weil beim Herumsitzen fängt einem alles zum Wehtun an, man kommt zum Denken, und es fällt einem dann vieles ein, und es hilft nichts, ob man

denkt oder nicht denkt, was passiert ist, ist passiert, wer sich umgebracht hat, ist tot, man kann nichts ungeschehen machen. Nur vor dem Winter fürchte ich mich, weil die Finger weh tun, wenn man herumgräbt in der gefrorenen Erde, und sonst kann man auch nicht viel tun draußen, außer die Mahlzeitarbeit bei den Viechern im Stall erledigen, aber die ist schnell gemacht, und die Enkelkinder machen sich ihren Kakao schon selber, und meinen Kaffee wollen die Jungen nicht mehr, mit dem Filter, sie machen sich selber einen mit so einer neuen Maschine, wo man keine Filter mehr braucht. Und mein Enkel geht in eine Schule, wo er einen Computer braucht zum Aufgabenmachen, er lernt dort nur elektronisches Zeug, und mein Sohn hat ihn dorthin gehen lassen, anstatt daß er einen ordentlichen Bauern aus ihm machen würde, so wie wir aus ihm einen ordentlichen Bauern gemacht haben. Man braucht sich nur anschauen, was aus dem anderen geworden ist, der etwas gelernt hat und der weggegangen ist von hier und geglaubt hat, in Deutschland wird er es besser haben, in Wirklichkeit hat er sich den Tod geholt in Deutschland, und dann hat er es besser gehabt, als er gelegen ist in seinem Mercedes, mit dem Loch im Kopf, das er sich geschossen hat, und mit dem Blut überall, und mit dem Auto, das blutverdreckt war, so blutverdreckt, daß man es nicht einmal gescheit verkaufen hat können nachher, weil soviel Blut nicht herausgeht aus dem Stoff, und Leder ist ihm zu teuer gewesen, als er das Auto gekauft hat, aber da wäre das Blut besser herausgegangen, und so sind Flecken geblieben im Stoff, und aus dem Ort wollte das Auto keiner kaufen, weil jeder gewußt hat, was passiert ist, und keiner wollte sich in seine Blutlache setzen, auch wenn sie getrocknet war und nur mehr dunkle Flecken zu sehen waren, von dem Hirn, das herumgespritzt ist und überall gepickt ist im Auto und das man trocknen hat lassen, damit man es heruntersaugen konnte von dem Stoffbezug. Seine schönste Hose hat er angehabt, seine helle Sonntagshose, weil er daran vielleicht nicht gedacht hat, daß die Hose ganz voll werden würde von dem Hirn und dem Blut, wenn er sich in den Kopf schießt, sonst hätte er wohl eine dunkle Hose angezogen, und ein Auto mit schwarzen Bezügen gekauft, wenn er damals schon daran gedacht hätte, daß er sich einmal umbringen würde in dem Auto, mit dem er so eine Freude gehabt hat. Er war auch stolz darauf, daß er sich einen Mercedes hat leisten können, mit der Arbeit in Deutschland, wo er mehr verdient hat als bei uns, und der Mercedes ist dort auch billiger, weil er ein deutsches Fabrikat ist und weil man keine österreichische Mehrwertsteuer zahlen muß, wenn man in Deutschland lebt und ein deutsches Auto kauft, und vielleicht ist er nur hinausgegangen nach Deutschland, weil er einen Mercedes haben wollte, und dort hat er sich ihn endlich leisten können, er hat aber nicht wissen können, daß er zu dem deutschen Auto auch eine Frau dazukriegen würde, eine deutsche Frau, die ihn in den Tod treiben würde, in seinem deutschen Auto in Berchtesgaden, wo es doch so schön ist mit den Bergen und mit dem Schnee, und von überall her kommen die Leute, zum Urlaubmachen und sogar der Hitler hat dort gewohnt, weil es so schön war, und hat dann auch kein schönes Ende gefunden und sich umgebracht zum Schluß, als er nicht mehr gewußt hat, wie es weitergehen soll mit dem, was er angerichtet hat. Mein Bub hat zwar nichts angerichtet, aber weggegangen ist er, und dortgeblieben ist er, wo er nicht hingehört hat, und wenn einer nicht weiß, wo er hingehört, nimmt das Unglück seinen Lauf. Es ist ein bestimmter Charakter von Menschen, die einfach weggehen und alles auf eine Karte setzen, und wissen, wenn sie nicht gewinnen, werden sie verlieren, sie werden alles verlieren, wenn sie nicht gewinnen, und dann haben sie keinen Halt mehr in Deutschland oder sonstwo, ohne Familie und ohne Hof. Aber sie müssen immer wieder heimkommen und zeigen, was sie aus sich gemacht haben, und was für gemachte Menschen sie jetzt sind, und daß sie alles bekommen haben, was sich unsereins nicht einmal zu wünschen getraut. Und eigentlich leben sie von dem Gefühl, daß wir einen Neid auf sie haben, weil wir uns das alles nicht getrauen. Solche Menschen können nicht zurück, wenn es einmal nicht mehr geht, denn sonst hätten wir recht gehabt, daß wir uns nicht getraut haben, und sie hätten sich nie wieder was trauen dürfen, weil wir ja schauen würden mit unserem Blick, der alles weiß und der vor allem weiß, wie es ausgehen würde, wenn man sich das traue, was sich unsereiner nicht einmal zu denken getraue. Und so müssen sie sich umbringen, damit sie niemandem gestehen müssen, daß es so nicht gegangen ist, wie sie geglaubt haben, daß es gehen müßte, und für wen hätten sie auch weiterleben sollen, wenn niemand mehr einen Neid auf sie hat und jeder nur Spott übrig hat für den Schaden. Jeder, der nicht viel probiert hat im Leben, klopft sich auf die Brust, weil nicht viel hat schiefgehen können in seinem Leben, wenn er keine schwere Krankheit bekommen hat oder wenn ihm nicht jemand weggestorben ist, den er noch gebraucht hätte im Leben.

5

Die Waltraud dürfte auch draufgekommen sein, daß es auf Dauer nichts ist mit dem Weggehen, sonst wäre sie nicht zurückgekommen. Jetzt kann man zuschauen, wie sie lebt mit dem amerikanischen Mann und den halbamerikanischen Kindern, und man sieht, daß es auch nicht um so vieles anders ist, als man sich das vorgestellt hat. Soviel besser kann ihr Leben drüben nicht gewesen sein, und jetzt wohnt sie mit ihrer Familie in der ausrangierten Bude von ihrem Bruder, als er noch nicht verheiratet gewesen ist, und niemand hat mehr etwas angegriffen und hergerichtet an und in diesem Haus, seit es ihre Eltern gebaut haben, in den fünfziger Jahren, und die Waltraud wird auch nichts angreifen und nichts herrichten, solange sie es nicht bekommen wird von ihren Eltern, die sie nur wohnen lassen dort mit ihrem Amerikaner. Sie muß hier wenigstens keine Miete zahlen, und die Miete ist teuer in Amerika, dafür können sie sich hier ein besseres Auto leisten, und ihr Mann fährt so gern auf der deutschen Autobahn, und weil man in Österreich nicht so schnell fahren darf, wie man will, fährt er gern nach Deutschland, weil Deutschland das Land der unbegrenzten Geschwindigkeit ist, und eigentlich ist es seltsam, wenn man aus einem Land kommt, von dem es heißt, daß man dort unbegrenzte Möglichkeiten hat, und dann sind die Möglichkeiten nicht einmal so, daß man fahren darf, so schnell man will, und dann wollen doch alle nur nach Deutschland, wegen der deutschen Autobahn. Bei uns zeigen sie

Filme mit riesigen Ami-Schlitten, und unsereiner denkt sich, das ist es, was alle wollen, und dann möchten sie doch nur einen BMW oder einen Mercedes, und außerdem seien die Ami-Schlitten in Wirklichkeit sowieso ein Dreck, hat der Bruder von der Waltraud gesagt, so wie in Wirklichkeit alles ein Dreck sei, was aus Amerika komme, und wenn man genau hinschaue, sei in Amerika sowieso nichts so, wie es ausschaue, und dort, wo du glaubst, es sei aus Holz, ist Plastik drunter, und was ausschaut wie Glas, ist Plastik, und in Wirklichkeit ist alles aus Plastik dort, und jedes Jahr, wenn ein Wirbelsturm kommt, ist unsereiner verwundert, wie stark so ein Sturm ist, daß nachher so viele Häuser kaputt sind, aber wenn man einmal weiß, wie sie bauen, dann wundert man sich nicht mehr, dann fragt man sich nur noch, ob sie nicht wissen, daß im nächsten Jahr wieder ein Sturm kommen wird.

Und wenn man sich ihre Hochhäuser anschaut, fragt man sich als erstes, was sein wird, wenn es dort einmal brennt, und man denkt sich, die werden sich das auch gefragt haben, als sie so hoch gebaut haben, und natürlich nimmt man an, die würden nicht so hoch bauen, wenn sie sich das nicht gefragt hätten und wenn das nicht sicher wäre, falls es einmal brennt, und dann erfährt man, daß sie gewußt haben, daß alles zusammenstürzen würde, wenn so was passieren würde, was dann passiert ist. Da fragt man sich schon, warum sie eigentlich glauben, daß sie gescheiter sind als unsereins, sie sind nur gemeiner, weil es ihnen egal ist, wenn etwas passiert, Hauptsache, sie haben die höchsten Häuser.

Unser Haus ist fest, ich weiß das. Ich habe genug ge-

arbeitet daran, Ziegel geschleppt, Leitungen gestemmt, Beton gemischt, deshalb sind meine Hände auch kaputt, von nichts wird nichts, nicht einmal hin wird man, wenn man nichts tut, um sich hinzumachen, aber irgendwie machen wir uns alle selber kaputt, die einen mit der Arbeit, die anderen mit dem Nichtstun, weil sie nicht einfach nichts tun, sondern es sich gutgehen lassen dabei, mit viel Kaffee und Zigaretten oder cremigen Torten und fettem Fleisch. Darum ist es gehüpft wie gesprungen, ob man etwas tut oder nicht, und gar nichts tun, nicht einmal Rauchen und Kaffeetrinken, ist auf jeden Fall so langweilig, daß man es auf keinen Fall tut.
Schlimm muß es sein, wenn man zurückkommt, und der Hurrikan war da, und wenn er nichts übriggelassen hat von einem Haus. Alles ist weg, das Gewand, das Geschirr, und die Fotos. Wenn man nichts mehr hat, was man noch anschauen kann, außer der Verwüstung, und das, was man auf einmal nicht mehr hat, das kann man anschauen, bis man begreift, und manches, das man auf einmal nicht mehr hat, begreift man sowieso nie, man begreift nicht, warum es auf einmal nicht mehr da ist, auch wenn man weiß, warum, und wenn ich mir die Fotos anschaue von meinem toten Buben, dann begreife ich es auch nicht, daß er nicht mehr ist, und ich denke mir, wie kann ich sein Gesicht noch anschauen, da es nicht mehr existiert, und der ganze Bub existiert nicht mehr, ich muß mir immer wieder vorstellen, daß er in einem Sarg liegt, unter der Erde, und daß sein Gesicht schon lange ein fauler Brei ist, und ich würde unter all den Toten auf dem Friedhof meinen Buben

nicht einmal wiedererkennen, und gleichzeitig gibt es ein Bild mit seinem Gesicht, genau so, wie er ausgeschaut hat, wenn er gelacht hat. Er war auch ein fröhlicher Mensch, und er hat viel gelacht, wenn es etwas gegeben hat zum Lachen für ihn, und ich habe es nicht einmal bemerkt, als er nichts mehr zum Lachen gehabt hat, das letzte Jahr, oder die letzten Jahre vielleicht, und als er innerlich vielleicht schon tot gewesen ist, denn wenn einer so etwas plant, und einen Abschiedsbrief schreibt, dann muß er sich schon genau vorgestellt haben, wie das sein wird, mit dem Sterben und mit dem Tod, und daß er es aushalten kann, nicht nur dann, wenn es sowieso kommt, weil es bei jedem irgendwann kommt, nein, auch viel früher, vor der abgelaufenen Lebenszeit, wenn man einfach selber bestimmt, wann es aus ist, und daß es einem auch nicht leid tut, daß man nicht mehr wissen wird, wie es weitergeht im Leben, auch nicht im Leben der Kinder, die man hat und für die es von Bedeutung ist, ob man mitbestimmen kann, was sie tun oder nicht tun, und eigentlich ist es schon eine Leistung, daß man es aushalten kann, nicht mehr zu wissen, was aus ihnen werden wird, und das, obwohl man weiß, daß etwas anderes aus ihnen werden wird, je nachdem, ob man da ist oder nicht. Und man muß es auch aushalten, zu wissen, daß so ein kleines Kind nicht viel trauern wird können um einen, weil die Mutter ihm vielleicht gar nicht sagen wird, daß der Vater nicht mehr ist, und ihm vielleicht nur erzählen wird, daß der Vater böse ist und weggegangen ist, was er ja irgendwie auch getan hat, und daß es deshalb einen neuen Vater bekommen wird, der besser ist als der alte

Vater, weil er gleich dagewesen ist, als der andere gegangen ist, und weil er sich gekümmert hat um das Kind, das vielleicht nie erfahren wird, wohin sein Vater gegangen ist. Es gibt auch kein Grab von ihm, dort, wo sie leben, und so muß die Frau auch keine Erinnerung haben, in Stein, der nicht so schnell verwittert wie ein Mensch und wo ein Name draufsteht und ein Datum, und der Name erinnert immer wieder an den, der gegangen ist, weil er nicht mehr lästig sein wollte, dort, wo man ihn nicht mehr haben wollte mit seinem Leben. Es ist ein Unterschied, ob einer nicht mehr da ist, weil er ausgetauscht worden ist durch einen anderen, oder ob es da einen Stein gibt, und ein Grab, das an ihn erinnert: Hier liegt er jetzt und sonst nirgends, und hier fault er vor sich hin, in diesem nassen Loch, und alles kommt einem umsonst vor, als Mutter, was man getan hat, weil sich alles nicht ausgezahlt hat, wenn es ihm nichts wert gewesen ist, sein Leben. So eine Tat zwingt einen auch, Rückschau zu halten auf das eigene Leben. Wenn einer Mutter ein Kind wegstirbt, ist es schlimm, weil man soviel getan hat, soviel gefüttert und gewikkelt, und gewaschen und gestopft, und dann ist alles umsonst gewesen, weil man kein Leben mehr sehen kann, für das sich alles ausgezahlt hat, die viele Mühe und die Arbeit und alles. Aber das Kind hat wenigstens gern gelebt und hätte gern noch länger gelebt, wenn nicht ein Unglück gekommen wäre, das es herausgerissen hat, mitten aus seinem Leben. Wenn sich ein Kind umbringt, ist das aber noch viel schlimmer, als wenn ein Kind nur stirbt, weil man sich eingestehen muß, daß es das Kind nicht gerngehabt hat, das Leben, das man ihm geschenkt hat, und das Wickeln und das Füttern und das Pflegen, alles hat es vielleicht nicht gerngehabt, und es war umsonst, daß man die Schande ausgehalten hat, ein lediges Kind zu haben, und die Verachtung vom Schwiegervater und die Sehnsucht, weil man sein Kind nicht hat mitnehmen dürfen in die Ehe. Obwohl es viel Arbeit war, bin ich immer wieder hingefahren zum Kind und habe darauf geschaut und habe geglaubt, das Kind wird einmal dankbar sein, daß ich mir soviel angetan habe seinetwegen, und dann tut einem das Kind das an, und man weiß eigentlich nicht mehr, wofür man gelebt hat, wenn das Leben so weggeschmissen wird, nur wegen einer Frau, einer wildfremden, die man hätte austauschen können, so wie sie einen ausgetauscht hat.

Wenn einem das auch nicht recht ist, weil man gern eine Ruhe hätte, wenn die Kinder verheiratet sind, aber so etwas Besonderes ist das heutzutage nicht mehr, wenn man ausgetauscht wird, weil viele Ehepaare nicht mehr ein Leben lang zusammenbleiben, auch auf dem Land nicht, und wenn sie zusammenbleiben, dann hauptsächlich, weil sie zusammen mehr Geld haben, als wenn sie auseinandergehen, oder weil sie gar kein Geld haben und nicht wissen, wohin sie gehen sollten. Ich weiß auch nicht, ob ich geblieben wäre, wenn ich eine andere Möglichkeit gehabt hätte damals. Und ich frage mich, ob man überhaupt auf Dauer bei jemandem bleibt, wenn man nicht muß, weil irgendwann immer der Moment kommt, wo einem der andere auf die Nerven geht, und man hat schon soviel geredet und gesagt, was man gern anders hätte, und genützt hat alles nichts,

weil der andere sowieso nichts von dem versteht, was man wirklich meint.
Ich hätte mir ein anderes Leben vorstellen können, als nur zu schuften, damit sich ein Überleben ausgeht, und heute vergessen wir ganz, wie schlecht es uns einmal gegangen ist. Gut ging es uns erst, als wir Schulden gemacht haben. Einen Mordskredit haben wir für das Haus aufgenommen, und das war schon ein Lebenstraum von mir, so ein Traumhaus hinzubauen, in dem alle Räume warm sind und wo man nur in einem Raum heizen muß. Eigenhändig habe ich die Rohrvertiefungen gestemmt, und meine Adern waren geschwollen wie dicke Leitungen. Natürlich hätte ich mein Traumhaus auch lieber bauen lassen, und inzwischen wäre ich gerne spazierengegangen, und wenn mich einer weggeholt hätte, ein Tierarzt oder so einer, mit einer Villa und einem großen Auto, ich hätte nicht nein gesagt, und meine Tochter hätte einer weggeholt von hier und sie hat nein gesagt, und das werde ich ihr mein Leben lang nicht verzeihen, weil sie es gut gehabt hätte dort, und es wäre nicht weit weg gewesen von da, und ich hätte bei ihr wohnen können, in dem großen Haus, und sie hätte die Buchhaltung und die Ordination machen können, und ich hätte auf die Kinder schauen und dem Tierarzt die Stiefel putzen können, wenn er von einer Geburt nach Hause gekommen wäre, und alle hätten Frau Doktor zu ihr gesagt im Ort, aber nein, sie hat studieren gehen müssen, und noch dazu etwas, was keinen Wert hat, und jetzt weiß man nicht einmal, ob sie einen Doktor hat oder nicht, und jetzt muß sie selber schauen, wie sie weiterkommst im Leben, mit ihrer

Studiererei und ihrer Schauspielerei, in der großen Stadt. Wäre sie hier geblieben beim Doktor, hätten alle heimlich mit dem Finger auf mich gezeigt und gesagt: Das ist die Mutter von der Frau Doktor, und die Kinder hätten Konstanze und Philipp geheißen, und nicht Rosi und Rudi, so wie sich meine Tochter das vorstellt.

Ich hätte für sie und den Tierarzt gekocht, wenn der Bezirkshauptmann zum Essen gekommen wäre und der Bürgermeister, und ich wäre schön in der Küche geblieben, sie hätte sich nicht genieren müssen mit mir. Und jeder hätte gewußt, wovon sie lebt und wie gut sie lebt und jeder hätte vorbeifahren können, und sich das große Haus anschauen oder in die Ordination kommen, dann hätte ich die Tür zum Wohnzimmer einen Spalt breit aufgemacht und hätte die Neugierigen hineinspähen lassen in die privaten Räumlichkeiten von Herrn und Frau Doktor.

Statt dessen hat sie nach Wien gehen müssen, und dort hat sie eine Aufnahmeprüfung in einer Schauspielschule gemacht, und wir haben ihr keinen Groschen Geld fürs Studieren gegeben, damit sie wieder heimkommen muß und den Doktor heiraten muß, aber sie ist trotzdem nicht zurückgekommen und sie hat trotzdem studiert, und in einer Bude hat sie gewohnt statt in einem schönen Haus. Wenn sie erzählt hat, wie wenig sie hat zum Leben und daß sie auch noch kellnern muß, jeden Tag, bis tief in die Nacht hinein, dann war es zum Erbarmen, und jetzt zieht sie von Kellerloch zu Kellerloch, wie ein Ratz, und spielt dort Theater, oder das, wozu man in der Stadt Theater sagt, und ich weiß zum

Glück nicht, was sie wirklich tut, und ich will es auch nicht wissen, weil das sicher nichts ist, was ich verstehe. Und wozu soll ich es auch verstehen? Ich könnte es sowieso niemandem erklären, und wenn ich mit niemandem darüber reden kann, muß ich es auch nicht wissen.
Ich schaue mir auch sicher nichts mehr an, wenn sie ins Fernsehen kommt. Was ich gesehen habe, hat mir gereicht. Warum kann sie nicht in einem schönen Stück spielen, das Grausliche erleben wir jeden Tag. Mein Sohn und meine Schwiegertochter spielen auch Theater. Hier im Ort. Jedes Jahr zu Weihnachten gibt es eine Aufführung von der Theatergruppe, und das sind schöne Bauernstücke zum Lachen, die sie aufführen, mit allerhand Verwechslungen, das schaut man sich gern an und da ist auch nichts zum Genieren, und alle gehen hin aus dem Dorf und haben eine Freude damit, weil es eine Zerstreuung für alle ist. Denn sonst gehe ich nicht gern wohin, weil alle neugierig sind und mich ausfragen möchten, damit sie etwas zum Tratschen haben. Seit das mit dem Buben war, gehe ich nirgendwo mehr hin, weil sie mich in Wirklichkeit schief anschauen und denken, daß ihnen so etwas nie passieren könnte und daß es eine Schande ist, wenn sich einer selber das Leben nimmt, da er es sich nicht selber gegeben habe, und daß der Mensch dazu kein Recht hat, und vielleicht stimmt das auch. Wenn es einem gutgeht, wird er es nicht tun, aber wenn es einem so schlechtgeht, daß er es nicht mehr aushält und daß er nicht mehr weiß, wohin mit seinem geschenkten Leben, und dem Gefühl, daß er ununterbrochen dafür bezahlen muß, auf der Welt zu

sein, dann kann er schon eine andere Einstellung dazu kriegen.
Immer haben sie die Hände zusammengeschlagen, wenn sie mich gefragt haben, wie er sich das hat antun können, und ich habe gesagt, wer weiß, was ihm erspart geblieben ist. Und sie haben gesagt, man dürfe sich nichts ersparen im Leben, sonst könnte jeder auf so eine Art aufhören mit dem Leiden und sich davonschleichen, anstatt das durchzumachen, was für ihn vorgesehen ist.
Bei uns hat sich nie jemand umgebracht in der Familie, das hat es nicht gegeben, nicht einmal mein Bruder hat sich umgebracht, als er nur noch geschrieen hat vor Schmerzen. Man hat ihn rechtzeitig erwischt und ihm die Tabletten weggenommen. Nur mein Mann hat dauernd davon geredet, daß er sich erschießen würde, als er noch gesund war, wenn es ihm einmal ginge wie meinem Bruder. Und als er dann wirklich todkrank geworden ist und vor lauter Schmerzen geschrieen hat, ist die Pistole gelegen neben ihm, im Nachtkastel, und er ist neben der Pistole gelegen, und er hat kein einziges Mal hingegriffen, nicht einmal, als es ihm schon dreckig gegangen ist, statt dessen hat er den Pfarrer kommen lassen, obwohl er beim Kirchgang immer draußen stehengeblieben ist und sich unterhalten hat. Dabei hätte ich immer gern einen Mann gehabt, der sich mit mir und den Kindern in die Bank gesetzt hätte und der zugehört hätte, was der Pfarrer sagt, und ich hätte es gern gehabt, daß alle hätten sehen können, was für eine ordentliche Familie wir sind. Wie habe ich die Frauen beneidet, mit denen der Mann jeden Sonntag mitgegangen

ist, und der nicht auf die Seite geschaut hat und auch zur Kommunion gegangen ist mit der Frau, und nachher mit auf den Friedhof, und dann schnurstracks nach Hause, ohne Wirtshaus und Kartenspielen.
Seinen Lebtag lang hat mein Mann die Kirche nicht gebraucht, nur die Pistole im Nachtkastel ist wichtig gewesen. Die Kirche hat er immer links liegengelassen. Erst als es ans Sterben gegangen ist, war es ihm wichtig, daß der Pfarrer kommt, und auf einmal hat er die Pistole links liegengelassen und die Heilige Kommunion hat er eingenommen, weil man nicht wissen kann, ob es hilft für drüben. Fürs Sterben hat es nichts geholfen, er hat furchtbar leiden müssen, und obwohl wir alles Menschenmögliche getan haben, ist er verreckt wie ein Stück Vieh. Zuerst hat er geschrieen vor Schmerzen, und dann hat er nur mehr geröchelt, tagelang, nichts hat man mehr mit ihm reden können, und ich hätte ihn gern in Erinnerung behalten wollen, wie er war, aber die Jungen haben es unbedingt haben müssen, daß ich zu ihm geh, ins Spital, und dort hat er nur mehr wie der Tod ausgeschaut, als er so dahingelegen ist und schwer um Luft gerungen hat, und tagelang ist das so gegangen, und ich habe gedacht, er hört gar nicht mehr auf mit dem Sterben. Und natürlich ist es wieder einmal Herbst gewesen, und schönes Wetter hat es gegeben, richtiges Sterbewetter, bevor es Allerheiligen geworden ist und wir die Kränze haben wegtun können mit den verwelkten Nelken und den abgefallenen Fichtennadeln, und statt dessen haben wir Chrysanthemen auf das Grab gestellt, in den kleinen Weidenholzkisterln mit dem Moos drin.

Daheim ist er Gott sei Dank nicht mehr so abgegangen, nachdem er so lang im Spital war, und arbeiten hat er schon eine Ewigkeit nicht mehr können, und beim Klogehen ist ihm alles durchgegangen, und überall war die Sauerei, auf den Wänden, auf dem Boden, und da ich so eine Saubere bin, hat es mir schon gegraust vor dem Dreck, den er hinterlassen hat, und die Schwiegertochter hat Gott sei Dank gleich immer alles weggewischt, weil ich zu sauber bin für so was, mich würgt es gleich, wenn ich einen Scheißdreck rieche, und der Dreck von einem Kranken stinkt noch viel grauslicher als der Dreck von einem gesunden Menschen, und irgendwie habe ich das immer gerochen, wenn einer bald stirbt, weil so eine Todeskrankheit einen eigenen Geruch hat, weil alles schon faul ist innerlich, und eigentlich hat er keinen natürlichen Stuhl mehr gehabt, die längste Zeit nicht mehr. Man muß sich das vorstellen, tagelang ist nichts gegangen, dann hat er etwas Stuhllösendes eingenommen, und plötzlich der viele Dreck auf einmal, bei der Riesenwampe, die er gehabt hat, da ist schon etwas herausgekommen, wenn sich das gelöst hat, und alles war flüssig, wie eine dicke Suppe, das ist durch alles hindurchgegangen, durch die Schlafhose, durchs Bettuch, alles, bis zur Matratze, die kriegt man nie mehr sauber, dabei habe ich erst mit der letzten Rentennachzahlung eine neue Matratze gekauft gehabt.

Nach dieser Schweinerei habe ich ihn hinausgesteckt aus dem Schlafzimmer. Zum Glück haben wir noch das Zimmer von der Schwiegermutter gehabt, das leer gestanden ist, damit ich auch wieder habe schlafen können in der Nacht, weil er oft herumgegangen ist, wenn er Schmerzen gehabt hat und ich meinen Schlaf gebraucht habe, weil ich habe arbeiten müssen am nächsten Tag, denn irgendwer hat das tun müssen, was er nicht mehr tun konnte, und dann die viele zusätzliche Arbeit, die er gemacht hat, mit dem Dreckputzen und dem Medikamente-Eingeben. Wir haben ihm Windeln gekauft, die haben ein Vermögen gekostet, so Erwachsenenwindeln, und als er endlich ins Spital gekommen ist, haben wir den Dreck nicht mehr gehabt, und die Schwiegertochter ist zu Hause geblieben, sie hat sich Pflegeurlaub genommen, weil das Dreckputzen nichts für mich ist. Ich gehe viel lieber zu meinem Saumist, der macht mir nichts, den bin ich gewohnt, weil den Dreck, den die Säue machen, schaufle ich einfach weg und fertig, da muß ich nicht bei der Sau herumputzen, und vor allem weiß ich auch, warum ich es tu, die Sau frißt und scheißt, und nach fünf, sechs Monaten habe ich sie draußen aus dem Stall und einen Packen Geld herinnen. Aber wenn ich jemanden zu Ende pflegen muß, weiß ich nur, daß mit jedem Tag weniger wird von ihm, und eigentlich hat man nichts davon außer einer Leiche und einem Begräbnis am Schluß, das viel Geld kostet.

Irgendwie kriegt man eine ziemliche Wut auf so jemanden, auch wenn er der eigene Mann ist, wenn er nur mehr da ist, um Dreck zu machen. Wenn er mit Appetit gegessen hat, was nur mehr selten der Fall gewesen ist, habe ich denken müssen, daß er das alles wieder unter sich lassen wird, und am liebsten hätte ich ihm das Besteck aus der Hand gerissen und gesagt: merkst du nicht, wie umsonst es ist, daß du frißt!

Natürlich sagt man so etwas nicht, aber man darf sich nicht unterschätzen, welche Gedanken einem kommen, wenn man den anderen neben sich verrecken sieht.
Die Schwiegertochter hat eine Eselsgeduld mit ihm gehabt, man hätte fast glauben können, sie hätte es gern getan, wie sie an ihm herumgeputzt hat. Wenn die Jungen nicht schon alles überschrieben bekommen hätten, man hätte glauben können, sie will noch etwas von ihm, aber er hat alles geregelt nach dem Tod seiner Mutter. Weil er nicht sein wollte, wie sein Vater war, der den Jungen nichts gegeben hat und der sie nichts hat renovieren lassen. Gleich nachdem seine Mutter gestorben ist, hat er alles an die Jungen weitergegeben, und das war leichtsinnig, weil man nicht weiß, wie sie zu einem sind, wenn sie erst einmal alles haben und nichts mehr von einem brauchen. Da könnte ich Geschichten erzählen von Leuten, von denen man das niemals glauben würde. Kaum überschrieben, und ab ins Altersheim mit der Mutter, natürlich in das billigste, und nicht einmal besuchen darf man sie, weil man sehen könnte, wie schäbig sie dort haust. Und der Sohn fährt einen Mercedes, so einen, den man aufmachen kann im Sommer, und die Alte soll krepieren in ihrem Altersheimloch. Zu Muttertag ist er gekommen und hat sie durch den Ort geführt in seinem offenen Auto, und weil sie das ganze Jahr nicht hinausgekommen ist, an die frische Luft, hat sie sich eine Lungenentzündung geholt und ist fast gestorben daran, aber das hat er vielleicht sowieso wollen damit, ihr Herr Sohn. Und wenn es ihm dieses Jahr nicht gelungen ist, gelingt es ihm vielleicht im nächsten.

So ist das oft mit den Kindern. Solange sie noch etwas wollen von einem, sind sie nett, sobald sie alles haben, ist man übrig. Meine Tochter war nie nett zu mir, schon früher nicht, sie hat auch nie etwas wollen von mir, weil es ihr immer egal war, ob sie etwas erbt oder nicht. Daher habe ich von ihr auch nie etwas ertrotzen können. Wenn einer nichts mehr will von einem, ist es aus mit der Macht. Und sie hat nie etwas wollen von mir, von Anfang an nicht, nicht einmal die Milch, die ich ihr geben wollte. Sie hat schon damals ihren kleinen Mund zusammengepreßt und ihr stures Köpfchen auf die Seite gedreht, und ich bin dagesessen mit meiner vollen Brust, die gedrückt hat und gebrannt hat, und mit der Milch, die sauer geworden ist, und ich habe eine Brustentzündung bekommen und habe Medikamente nehmen müssen, und dann habe ich ihr sowieso keine Milch mehr geben können, weil sie voll gewesen wäre mit den Schadstoffen in den Medikamenten, dabei habe ich mich so gefreut gehabt, daß es ein Mädel geworden ist nach den zwei Buben, und am meisten gefreut habe ich mich auf später gehabt, weil man mit einem Mädel ganz anders reden kann als mit einem Buben, und dann hat sie erst nie mit mir geredet, immer ist sie nur zu ihrer Oma gegangen, wenn sie etwas wollte, und ich habe so schön auf sie geschaut und habe sie immer gleich gewickelt, wenn sie naß gewesen ist, damit sie nicht wund geworden ist, und in den Backofen habe ich sie gelegt, wenn es kalt war im Winter, und ganz regelmäßig hat sie ihre Flasche bekommen, und sonst habe ich geschaut, daß sie viel schläft, weil wir viel Arbeit gehabt haben, und Kinder, die man herumträgt, werden lästig,

und sie hat viel geschlafen, und sie ist trotzdem lästig geworden, und die Schwiegermutter hat sie dauernd herumtragen wollen, aber ich habe sie nicht lassen, damit die Kleine genug Schlaf kriegt und ordentlich wächst, und trotzdem ist sie nicht ordentlich gewachsen, klein ist sie geblieben, viel kleiner als ich, und eigentlich ist es mir schon oft aufgefallen, daß große, schöne Menschen Kinder kriegen, die klein bleiben und nicht wie die Eltern ausschauen, nicht einmal vom Typ her, und wenn ich sie mir so anschaue, meinen ehelichen Sohn und meine eheliche Tochter, so sind beide keine Schönheiten geworden, und wenn ich mir das Hochzeitsfoto anschaue von meinem Mann und mir, dann hätte man glauben können, daß wir ganz andere Kinder hätten kriegen müssen.
Später ist es bald vorbei gewesen mit der Schönheit. Mein Mann hat gefressen wie ein Drescher, Fleisch, jeden Tag hat es Fleisch sein müssen, und wenn ich freitags kein Fleisch gekocht habe, ist er ins Wirtshaus gegangen und hat dort sein Saftfleisch gegessen. Dann ist er heimgekommen, und es hat ihn gewürgt und gereckt, weil er soviel gegessen hat, und auf den Boden hat er sich gelegt, und gerollt hat er sich vor Schmerzen, und irgendwie war das kein schöner Anblick, wenn sich der Mann auf dem Boden gerollt hat und geschrieen hat vor Schmerzen, wie eine Sau, die man absticht. Da war es auch bald vorbei mit der Liebe, das geht schnell, wenn man nicht aufpaßt mit der Fresserei und wenn man sich auch noch ducken muß vor dem eigenen Vater. Die Kinder haben genug Arbeit gemacht, und die Wirtschaft auch, da ist keine Zeit übriggeblieben für ein

Vergnügen, das es nicht mehr war, mit der dicken Wampe, die mein Mann bekommen hat, und ich habe auch nicht mehr so auf mein Äußeres geschaut, weil es keine Rolle mehr gespielt hat, wie man ausschaut, wenn man einmal unter der Haube war und die Haare sowieso immer verdrückt waren vom Kopftuch im Stall, und die Kinder waren da, und das Leben, damit es weitergeht, irgendwie, aber nicht zum Vergnügen.
Für uns war es nicht vorgesehen, ein gutes Leben zu haben, da hat es andere gegeben dafür, die sich einfach genommen haben, was sie wollten, und dann hat man gesagt, wie schlechte Menschen das doch wären, und ich habe mir gedacht, wenn ich so leben könnte, daß einer kommen würde und mich herausholen würde aus diesem Schinderleben, ich würde die Schande gern auf mich nehmen und alles verlassen für das schöne Haus und für den Mann, der mir einen Pelzmantel zahlen kann.
So wie das die Tochter meiner Kusine gemacht hat. Sie hat die Handelsschule besucht und dann hat sie in einem Autokonzern bei einem höheren Angestellten im Büro gearbeitet. Daheim hat sie ein Haus gebaut mit ihrem Mann, der ein fleißiges Männchen gewesen ist, und in der Arbeit hat sie ein Gspusi gehabt mit dem höheren Herrn. Als der wichtige Herr im Autokonzern noch wichtiger geworden ist und sogar zum Vizepräsidenten gewählt worden ist, hat sie sich scheiden lassen von ihrem Männchen. Mit Hilfe eines teuren Anwalts, der mit dem Vizepräsidenten befreundet war, hat sie ihrem Mann das Haus abgeluchst und ist mit dem Autochef dort eingezogen, der sich von seiner Frau hat

scheiden lassen. Solange er Chef gewesen ist, ist sie überall mit ihm hingegangen, wo eine Veranstaltung war, und bald hat sie auch ein Kind von ihm gekriegt. Als er dann abgesetzt worden ist, als Vizepräsident, hat sie sich auch von ihm abgesetzt und hat den Anwalt geheiratet, der ihr geholfen gehabt hat, ihrem ersten Mann alles abzuluchsen. Der ehemalige Autochef ist krank geworden, als er niemand mehr gewesen ist, und hat seine Pflegerin geheiratet, damit die Frau nichts bekommt von dem abgeluchsten Haus. Aber mit dem gefuchsten Anwalt hat sie trotzdem alles bekommen, als er gestorben ist, weil ihr Kind der Erbe gewesen ist. Irgendwann habe ich gehört, daß sich der Anwalt eine Jüngere genommen hat, und was er ihr dann alles abgeluchst hat, weiß ich nicht.

Das Leben geht im Kreis. Die Alten werden ausgetauscht gegen die Jungen und die Armen gegen die Reichen. Und wer sich nichts auf die Seite schafft, der bleibt übrig. Und mein lediger Sohn hat sich nichts auf die Seite geschafft und ist übriggeblieben. Weil er sich nichts auf die Seite geschafft hat, hat er sich selber auf die Seite schaffen müssen, um nichts übrigzulassen von sich, zumindest nichts, woran er noch erkennbar gewesen wäre, mit dem zerfetzten Kopf und mit dem Blut überall. Eigentlich ist der Autochef auch an einer Verwundung gestorben, an einer inneren Verwundung, es hat nur etwas länger gedauert, bis er zugrunde gegangen ist, denn in Wirklichkeit sind fast alle Krankheiten Selbstmord, weil man sich selber etwas antut, indem man Dinge tut, die einem nicht guttun und die dann zu einer tödlichen Krankheit führen. Ich meine nicht nur

das Rauchen oder das Saufen, sondern alles, was man sich antut, obwohl man es eigentlich nicht will, und ständig vergewaltigt man sich selber, weil die anderen einen wollen, wie man gar nicht ist, und das, was man ist, hat nie wirklich einer wollen, sonst wäre man ja mit dem zusammen, der das will, was man ist, und man hätte vielleicht wirklich so etwas wie ein glückliches Leben gehabt.
Andererseits schauen auch die nicht glücklich aus, die man jeden Tag im Fernsehen sieht und die so tun, als würden sie nur das machen, was sie selber wollen, und als wären sie mit denen zusammen, die sie so wollen, wie sie sind. Wenn sie wirklich mit denen zusammen wären, müßten sie nicht ständig im Fernsehen sein, und ich weiß nicht, ob das Fernsehen dort ist, weil die Leute dort sind, oder ob die Leute dort sind, weil das Fernsehen dort ist. Richtig glücklich schauen sie nicht aus, mit ihren dicken, aufgespritzten Lippen und den großen Brüsten, wie normale Frauen sie niemals haben, aber vielleicht sieht man das Glück nur nicht, weil es sich versteckt hinter den großen Lippen und den großen Brüsten, die so schwer sind, daß die Damen sie fast nicht tragen können. Man muß sich diese Gewichte einmal vorstellen, die an ihnen hängen. Wenn man sich das in Butterpäckchen denkt, dann sind ein Kilo schon vier Butterpäckchen, und das an jeder Seite. Im Gegensatz dazu gibt es Operationen, die von der Krankenkasse bezahlt werden, in denen man große Brüste verkleinern kann, weil sie schlecht fürs Kreuz sind und den Bewegungsapparat einseitig abnützen. Ich weiß schon, daß sich die Damen im Fernsehen nicht viel

bewegen und daß die arbeitenden Menschen einen anderen Bewegungsapparat haben als die feinen Herrschaften, aber mir wäre es auch zu schade um die Zeit für die dauernde Herumschneiderei. Und das Alter kommt so oder so, da kann man herumschneiden lassen an sich, soviel man will, die Jahre lassen sich nicht wegschneiden, weder von einem Gesicht noch von einem Gemüt, was gelebt ist, ist gelebt, auch wenn man nichts erlebt hat, dann ist man selber schuld.

Ach, wie haben wir uns aufgeführt, als wir jung waren. Jedes Wochenende waren wir unterwegs, und oft sind wir erst heimgekommen, als es hell geworden ist und Zeit zum Viehfüttern war. Wir sind herumgezogen, jeden Samstag mit einem anderen, und getanzt haben wir, bis die Füße blutig waren. Leider ist meine Tochter gar nicht nach mir geraten. Sie war immer eine Stubenhokkerin, sie ist daheim herumgesessen und hat sich im Fernsehen den Kulenkampff angeschaut. Und tanzen hat sie nie können. Irgendwie war sie zu dumm dafür, mit ihren zwei linken Füßen, oder vielleicht waren nur ihre Füße zu dumm dafür, aber der Wechselschritt ist nie hineingegangen in ihr Hirn, sooft ich ihn ihr auch gezeigt habe, und ich frage mich sowieso, wie das gehen soll, mit der Schauspielerei, wenn man nicht einmal tanzen kann. Da ist es vielleicht kein Wunder, wenn sie nur Rollen zugeteilt bekommt, wo sie auf dem Klo sitzen muß, was soll sie sonst auch spielen, wenn sie sich nicht gescheit bewegen kann, da hat die ganze Studiererei nichts genützt, für das wirkliche Leben hat meine Tochter kein Gespür, das hat sie nie gehabt, immer wenn einer ausgehen wollte mit ihr, hat sie sich geziert

und ist lieber daheim geblieben, und wir haben eine Zeitlang gedacht, wir werden sie gar nicht los, und an Sonntagen, beim Kirchgang, hat sich auch keiner hingestellt zu ihr, und die anderen Mädchen haben schon längst einen gehabt, der mit ihnen gegangen ist, weil sie mitgegangen sind mit den Burschen, und mit meiner Tochter ist keiner gegangen, und ich habe mich geniert mit ihr, was habe ich mich doch geniert, und wenn sie doch ein Dirndlkleid angezogen hätte, wie es sich gehört hätte für einen ordentlichen Kirchgang, dann hätte wenigstens einer auf sie geschaut, oder wenn sie zur Landjugend gegangen wäre, wie alle anständigen Burschen und Mädchen im Dorf, aber nirgendwo hat sie mitgemacht und nirgends hat sie dazugehört, und alle haben uns ausgelacht für den Sonderling, den wir aufgezogen haben.
Und dann wollte gerade sie Schauspielerin werden, sie, die sich nie gescheit bewegt hat, die nirgends mitgemacht hat, die immer nur allein herumgesessen ist, was soll sie denn groß spielen. Wer nimmt denn so eine in einem gescheiten Theater, frage ich mich. In der Schule war sie nicht dumm, aber so gescheit auch wieder nicht, daß sie anständig mitgemacht hätte und nicht unangenehm aufgefallen wäre. Immer wieder haben wir in die Schule kommen müssen, weil sie auffällig gewesen ist, in einem Wutanfall dem Lehrer das Malwasser über die Hose geschüttet hat oder weil sie einfach verschwunden ist, mitten in der Stunde, und anstatt daß sie den Fratz haben bleiben lassen, wo er war, damit sie eine Ruhe haben vor ihm, haben sie ihn gesucht, und im Kasten haben sie ihn gefunden oder auf dem Mauer-

sims, draußen, vor dem Schulfenster, wo sie hingestiegen ist und gesessen ist und gelesen hat, weil sie der Unterricht nicht interessiert hat. Darum weiß sie heute noch nicht, warum die Milch sauer wird und das Brot beim Kauen süß, und beim Rechnen ist sie immer noch schlechter als ich, weil sich meine Tochter nie etwas hat ausrechnen müssen in ihrem Leben, weil sie gedacht hat, wenn sie etwas über das Rechnen liest, wird sie es schon kapieren, aber sie hat nichts kapiert, und ich habe jeden Monat das Milchgeld für die Kundschaften ausrechnen müssen, und das Geld für die Eier, die ich verkauft habe, und immer habe ich das im Kopf gemacht, denn bis ein Bleistift und ein Zettel zu finden waren, habe ich es schon zehnmal ausgerechnet gehabt in meinem Kopf, und immer hat es gestimmt. Meine Tochter hat geglaubt, was richtig ist im Leben, steht in den Büchern und in den Theaterstücken, und immer hat sie nur gelesen und ferngesehen, anstatt etwas zu tun und zu erleben. Immer hat sie nur auf die Buchstaben geschaut, und alles, was sie erwischt hat, hat sie lesen müssen, dabei war nichts da zum Lesen, nur die Zeitung und das »Königreich der Tiere«. Sonst hat es bei uns kein Buch gegeben, nur dieses eine Buch hat sich mein Mann einmal gekauft für die Jagdprüfung. Und das hat sie so oft gelesen, bis sie es auswendig können hat, und dann hat sie jedes Tier nachgemacht, das abgebildet und beschrieben war in dem Buch. Sie ist herumgehüpft wie ein wildes Vieh und hat gebrüllt, daß wir uns geniert haben vor den Nachbarn. Die Burschen haben gewußt, warum sie kein Interesse an meiner Tochter gehabt haben, sie haben gleich gesehen, daß eine, die dauernd liest und herumhüpft wie eine aus dem Urwald, kein Interesse an der Arbeit hat, und dann ist der Tierarzt gekommen, und er hat auch gesehen, daß sie liest und nicht arbeitet, und er hätte sie trotzdem genommen, obwohl er ganz andere hätte haben können, und meine Tochter war undankbar, und sie hat ihn nicht genommen, und er hat weiter nur sie wollen, und mit keiner anderen ist was Gescheites geworden, und manchmal kommt er noch vorbei, und wir reden darüber, und dann sagt er mir, daß sie die einzige war, die er wirklich wollte, und dann kommen mir die Tränen, mir, die ich sonst eine Harte im Nehmen bin, und ich muß daran denken, was für ein schönes Leben wir hätten haben können in dem großen Haus, das er gebaut hat, und vielleicht hat er sogar an meine Tochter gedacht beim Bauen, und daß sie zurückkommen würde zu ihm, wenn das Haus fertig sei, und ein Damenzimmer hat er auch gemacht, und keine von den anderen hat er einziehen lassen bei sich, nicht einmal die, mit der er ein Kind hat. Er nimmt das Kind an den Wochenenden und wann immer er es kriegt, aber die Mutter des Kindes läßt er daheim, und die läßt sich das nicht gefallen, und so gibt sie ihm das Kind nicht, wenn er sie nicht auch dazunimmt, und darum hat er das Kind viel seltener, als er es gern hätte, eigentlich nie. Dabei habe er so ein schönes Kinderzimmer, hat er mir erzählt, mit einer Puppenecke und einem Hochbett mit einer Rutsche. Aber die Mutter läßt das Kind fast nie bei ihm schlafen, und es hat einmal geheißen, daß sie ihm das Kind nur angedreht habe, um ihn zu kriegen, aber sie hätte wissen müssen, daß so etwas bei ihm nicht geht.

Zu Weihnachten hat er sie besucht, aber er hat nur für das Kind ein Geschenk dabeigehabt, da hat sie ihm gesagt, daß sie ihm das Kind überhaupt nicht mehr mitgeben werde und daß es kein Geschenk sei, nicht einmal für das Kind, wenn er ihm einen neuen Sitz für das Auto kaufe, den er sowieso brauche, der sozusagen Pflicht sei, vom Gesetz vorgeschriebene Pflicht, und daß er den Sitz gleich wieder mitnehmen kann, weil er kein Kind haben wird zum Hineinsetzen. Man muß sich das vorstellen, es war Weihnachten, und er hat das Kind nicht mitnehmen dürfen, nichts von einem Weihnachtsfrieden hat es bei ihm gegeben, und am Heiligen Abend hat er allein in seinem großen Haus sitzen müssen, und allein hat er seine Christbaumkerzen anzünden müssen. Bei uns war es zu Weihnachten auch immer erst dann friedlich, wenn wir gestritten haben und wenn keiner mehr mit dem anderen geredet hat. Meistens ist mein Mann schon mit einem Spitz aus dem Gasthaus heimgekommen, und ich habe mich geärgert gehabt, daß er nicht einmal am Heiligen Abend auf seinen Weißen Spritzer verzichten hat können. Wenn ich ihn darauf angeredet habe, hat er gleich geschrieen mit mir, und ich war gekränkt und habe den ganzen Abend nichts mehr geredet. Schweigend habe ich dann die Henne gefüllt und gebraten. Schweigend habe ich den Kindern die Geschenke gegeben, und ohne ein Wort zu sagen, habe ich die Geschenke von den Kindern genommen, und ohne ihre Packerln aufzumachen, habe ich sie auf die Seite gelegt. Schweigend habe ich ihnen das Weihnachtsessen hingestellt, und selber habe ich keinen Bissen gegessen davon, damit mein Mann hat sehen können, wie sehr er mich gekränkt hat. Und dann war es friedlich bei uns, als keiner mehr mit irgend jemandem geredet hat. Einen anderen Weihnachtsfrieden haben wir nicht zusammengebracht. Natürlich waren unsere Kinder die Leidtragenden, aber schuld war immer mein Mann, wenn die Weihnachten verhunzt waren bei uns. Bei mir zu Hause war das anders. Dort waren alle friedlich am Heiligen Abend. Der Vater ist schon am Nachmittag in den Wald gegangen und hat einen Baum geholt, und während die Eltern die Stallarbeit verrichtet haben, sind wir Kinder den Christbaum aufputzen gegangen mit selbstgemachten Strohsternen, Nüssen und Weihnachtskeksen, die wir nicht haben essen dürfen vor dem Heiligen Abend. Das war oft hart, wenn ich der Mutter beim Backen geholfen habe und nicht ein einziges Keks habe essen dürfen, und wehe, sie hat mich erwischt dabei, daß ich ein Stück Teig in den Mund gesteckt habe, dann hat sie mir mit dem Kochlöffel auf die Finger geschlagen, so fest, daß ich es drei Tage danach noch gespürt habe. Nach dem Füttern hat sich der Vater zu uns gesetzt und das Weihnachtsevangelium vorgelesen. Danach haben wir »Stille Nacht« gesungen und die Geschenke ausgepackt. Es hat nur gegeben, was wir sowieso gebraucht haben: einen neuen Pullover oder einen Schal, von der Mutter heimlich gestrickt. Viel haben wir nicht gehabt, und es ist vorgekommen, daß ein paar Socken, die dem einen Bruder zu klein waren, für den anderen Bruder unter dem Weihnachtsbaum gelegen sind. Die größten Geschenke waren eigentlich die Süßigkeiten, der Lebkuchen und die Kekse, denn Naschereien hat es sonst das ganze Jahr über keine gegeben. Einmal war ich nach einer Lungenentzündung so dünn, daß sie mich auf Erholung geschickt haben. So richtig verschickt haben sie mich, in einem Zug, nach Deutschland, in ein wildfremdes Land zu wildfremden Menschen. Ich bin verschickt worden, aber ich habe nichts davon gehabt, obwohl ich schlecht ausgeschaut habe und Erholung gebraucht hätte. Sie haben mich nach Deutschland verschickt, in einem Waggon, der voll war mit Kindern, die schlecht ausgeschaut haben, und ich bin zu einer feinen Familie gekommen, in ein großes Haus. Diese Leute haben keine Kinder gehabt, und alles hätte ich haben können, aber ich wollte nichts haben, weil ich soviel Heimweh gehabt habe, die ganze Zeit. Und den ganzen Tag lang bin ich in meinem schönen Zimmer gesessen und habe hinausgeschaut auf das große deutsche Reich, das kein Ende gehabt hat am Horizont, und am Abend hat man die Sonne gesehen, als großen, roten Ball, der ganz spät, viel später als bei uns, untergegangen ist, hinter dem großen Deutschland, und ich bin am Fenster gesessen und habe geweint, und habe gesagt, ich möchte heim, heim ins Österreich, ja ins Österreich, habe ich gesagt, wo die Sonne hinter den Hügeln verschwindet und wo alles kleiner ist als hier, die Häuser sind kleiner, und sogar die Sonne ist kleiner, wenn sie untergeht, und dann haben sie mir gesagt, daß es Österreich nicht mehr gibt, nur die Ostmark, und dann habe ich noch mehr geweint, weil ich gedacht habe, daß es nichts mehr gibt auf der Welt, außer Großdeutschland, und daß alles andere weg wäre, unser Haus wäre weg, meine Eltern und

Geschwister wären weg, und daß ich für immer in Deutschland bleiben müßte, bei diesen netten Menschen, die immer feine Sachen gegessen haben und mir schöne Kleider gekauft haben und am Sonntag mit mir zum Ringelspiel gegangen sind. Und später hat es mir leid getan, daß ich so unhöflich war und immer nur geweint habe, und als ich wieder zu Hause war, haben sie mir geschrieben und Kleidung geschickt, viele schöne Kleider, so viele Sonntage hat es bei uns nicht gegeben, daß ich sie alle hätte anziehen können zum Kirchgang, und ich habe immer zurückgeschrieben und habe mich bedankt, und als der Krieg aus war und ich endlich wieder in Österreich war, ist es vorbei gewesen mit der Schreiberei, dann habe ich nie wieder etwas von ihnen gehört. Und heute denke ich oft zurück an die Zeit, und daran, was vielleicht hätte werden können aus mir, wenn ich nicht soviel Heimweh gehabt hätte. Vielleicht hätten mich die feinen Herrschaften behalten wollen, oder sie hätten wollen, daß ich wiederkomme, und vielleicht hätten sie mir eine teure Ausbildung bezahlt in Deutschland, und ich hätte selber etwas werden können, aber ich wollte nur heim zur Mutter und zu den Brüdern, und meine Mutter war streng, ich habe schon als Kind nichts als arbeiten müssen, und auf meine kleinen Brüder aufpassen, und für die Schule oder fürs Aufgabenmachen war nie genug Zeit, aber ich habe nie wegwollen von daheim, denn ich habe immer gewußt, wo ich herkomme, da gehöre ich hin, auch später, wenn es einen Ausflug von der Bauernkammer gegeben hat, ist mir schon nach dem Wegfahren schlecht geworden, und ich hätte nur speien können die ganze Zeit, und da

habe ich gewußt, daß es ein Fehler gewesen war, wegzufahren.
Meinem Buben habe ich auch gesagt, daß er daheim bleiben soll und daß Deutschland viel zu groß ist für einen, der aus einem so kleinen Ort kommt, und daß einen sogar die Sonnenuntergänge erschlagen in Deutschland, mit diesem riesigen roten Ball und den mächtigen Schatten, und im Sommer wird es viel zu spät finster, da findet man keinen gescheiten Schlaf und grübelt sich dumm, und im Winter wird es den ganzen Tag nicht gescheit hell, und er hat nicht auf mich gehört und ist trotzdem losgefahren mit seinem alten Sunbeam und ist dann wiedergekommen mit dem neuen Mercedes, und ich habe gleich mitfahren müssen, und er hat mir zeigen müssen, wie gut es gewesen sei, daß er nach Deutschland gegangen ist, und ich bin ganz vorsichtig gesessen in dem hellen Auto, damit ich nichts dreckig mache mit meinem schwarzen Kittel oder mit den Schuhen, und ich habe hinaufgeschaut zum weißen Autohimmel, und nicht im Traum hätte ich daran gedacht, daß er einmal rot sein würde und verschmiert von Blut, vom Blut und Hirn meines Buben, der so glücklich gewesen ist, daß er sich ein Auto aus Deutschland hat leisten können. Er hat gesagt, daß es immer schon sein Traum gewesen sei, einmal mit einem Mercedes heimzukommen, und keiner weiß davon, und niemand würde glauben, daß er einmal mit einem Mercedes daherkommen würde, er, das arme uneheliche Kind, das bei den Großeltern aufgewachsen ist, und keinen Hof geerbt hat. Er hat gesagt, wie viele Überstunden er gemacht habe, damit er das Auto habe anzahlen können, und es würde noch

eine Zeitlang dauern, bis er es ausbezahlt haben würde, und wie vorsichtig er fahren müsse, damit nichts passiere, weil sich eine Vollkaskoversicherung nicht mehr ausgegangen sei, und wenn etwas passiere, dann habe er kein Auto mehr, aber einen Haufen Schulden, weil er den Sunbeam auch eingetauscht habe, aber nur den Wert von ein paar Tausendern angerechnet bekommen hat auf den sündteuren Mercedes.
Ich bin stolz gewesen auf den Buben, damals, und nie hätte ich gedacht, daß aus ihm ein Mercedesbesitzer werden könnte, und dann habe ich doch hingegriffen auf die weichen Sitze, und meinen Kopf habe ich zurückgelehnt auf die Nackenstütze, und bei den Füßen ist soviel Platz gewesen, da habe ich mich gleich ein bißchen ausgestreckt, und die Nachbarn haben geschaut, was da für ein Auto gekommen ist, mit einem deutschen Kennzeichen, und die hätten auch nie gedacht, daß mein lediger Bub es zu so einem Auto bringen würde. Daß es nicht der Viehhändler war, haben sie am Kennzeichen gesehen, und dann haben sie gefragt, was für ein hoher Besuch das denn sei, und ich war so stolz, daß ich habe sagen können, daß es mein Bub ist, und ich habe gesehen, wie sie geschaut haben, weil sie das auch nie gedacht hätten von meinem Buben, aber er war unberechenbar, und später hätte sich auch niemand gedacht, daß er sich das antun würde, und er hat sich bestimmt nicht gedacht, was er mir damit angetan hat. Vielleicht ist ihm das aber egal gewesen, denn wenn einem etwas angetan worden ist, denkt er nicht viel darüber nach, ob er dem anderen auch was antut und ob der, dem er etwas antut, der richtige ist. Er will nur her-

auskommen aus dem Dreck, weil er keine Luft mehr kriegt, und wenn ihm nichts anderes mehr einfällt als die Pistole, die er noch im Kasten hat, dann nimmt er halt sie, und bringt sein Elend zu einem Ende, und er denkt nicht daran, daß damit das Elend erst anfängt für die anderen, für die Mutter zum Beispiel, wenn sie zuerst so stolz gewesen ist auf den Sohn mit dem Mercedes, und dann bringt er sich darin um. Zu einem Marterl ist er gefahren mit dem Auto, als ob er vorher noch gebetet hätte, obwohl er nie in die Kirche gegangen ist, als er nicht mehr müssen hat, und er muß eine Hoffnung gehabt haben, daß es etwas Besseres gibt im Jenseits, oder zumindest etwas, das man besser aushalten kann. Noch nie habe ich geträumt von meinem Buben, obwohl ich es mir so wünsche, daß er mir etwas sagen würde, von dort, wo er jetzt vielleicht ist, und gern würde ich ihn fragen, ob er wenigstens zufrieden sei mit dem, was er getan hat, und gern würde ich wissen, ob ich zu ihm komme, wenn es einmal soweit sein wird mit mir, und eigentlich ist es unnatürlich, daß ein Kind vor der Mutter stirbt. Ich bin ihm heute noch böse, weil er so rücksichtslos gewesen ist, denn wie würde die Welt ausschauen, wenn sich alle umbringen, die gescheitert sind. Wenn man genau hinschaut auf das Leben, dann gibt es fast niemanden, der nicht gescheitert ist, weil sich die meisten mehr vornehmen, als hinten herausschaut, und vielleicht geht es im Leben nur darum, fertig zu werden damit, daß man gescheitert ist, und wer nicht fertig wird damit, über den sagt man, er ist gescheitert, und niemand denkt daran, daß die anderen genauso gescheitert sind, die sich nicht umgebracht haben. Sie tun nur etwas anderes, um sich abzulenken. Ob sie sich versaufen, eine Herzverfettung zusammenfressen oder ob sie einen Lungenkrebs herbeirauchen, es fällt nur nicht auf, daß sie sich umbringen möchten.

Wenn man das Leben anschaut, wie jeder herumrennt mit einer Wichtigkeit, als würde alles ewig weitergehen, und man bleibt einmal stehen, nur einen Augenblick stehen, und schaut sich das in Ruhe an, dann kommt man drauf, wie sinnlos dieses Gewurle ist, weil man irgendwann drin liegt in der Truhe, mit oder ohne seinen Hirndreck auf dem Autohimmel, dann kann man sich nur mehr ablenken und so tun, als würde das alles für einen selber nicht gelten. Das ganze Leben ist eine Ablenkung vom Tod, und all die Feste, Weihnachten, Ostern und Kindstaufe, und der ganze Tamtam dazu, und der Druck, den wir uns dabei machen, ist nur da, damit wir nicht ins Sinnieren kommen und nicht alles liegen- und stehenlassen, weil wir sowieso nichts mitnehmen können, wenn er kommt, der Tag, und uns ablegt in der Holzkiste, in der noch jeder Platz gefunden hat, egal wie aufgeblasen und wichtig er im Leben auch getan hat.

Ich kann mich noch gut erinnern, als der fette Dachdecker gestorben ist, im Sommer, bei der größten Hitze ist es gewesen. Er soll derart aufgequollen gewesen sein, daß sein Saft beim Sarg herausgeronnen ist, als sie ihn von der Leichenkammer in die Kirche getragen haben. Aber auch dieser letzte Wunsch, sich aufzuplustern, hat ihm nichts genützt, im Endeffekt ist auch er im schwarzen Loch gelandet, und Erde drüber, Schwamm drüber, aus, vorbei.

Ich erinnere mich auch noch genau daran, wie es war,

als meine Schwiegermutter gestorben ist. Das war ein Schock für mich. Nicht, weil sie gestorben ist, es war auch kein plötzlicher Tod, aber sie war kein Pflegefall, bis zum Schluß nicht. Bis zum Schluß hat sie Wert drauf gelegt, ihre Wäsche selber zu waschen, und jeden Tag hat sie geturnt, und als wir um den Hilflosenzuschuß angesucht haben, weil sie schon über achtzig war, ist ein Arzt aus der Stadt gekommen und hat sie untersucht, und er hat sie gebeten, daß sie sich vornüberbeuge, und sie hat getan, was er gesagt hat, und sie hat gezeigt, wie gelenkig sie noch war, und bei durchgestreckten Beinen hat sie mit den Handflächen den Boden berührt, und der Arzt hat gemeint, daß er dies schon lange nicht mehr könne und daß unsere Oma eine gute Vorturnerin beim Seniorensport wäre, aber daß sie sicher keine Hilflosenrente brauche, und so sind wir um das Geld umgefallen, weil vom Alter her hätte sie es längst kriegen müssen. Und trotzdem ist sie plötzlich gestorben, drei Tage ist sie gelegen, hat auf einmal zu röcheln angefangen, und aus ist es gewesen. Meine Tochter war nicht einmal erreichbar, damit sie sich von ihrer Oma hätte verabschieden können, obwohl sie ihr Herzbinkerl gewesen ist. Sie war irgendwo auf Urlaub, mit irgendeinem Freund, und wir haben sie nicht einmal erreichen können, keine Adresse, keine Telefonnummer, nichts, nie hat sie sich von unterwegs gemeldet, wenn sie weg war, inzwischen hätte die ganze Bude abbrennen können, sie hat sich nie dafür interessiert, was zu Hause los war, immer hat sie nur wegwollen, immer nur weg von daheim, als ob sie vor irgend etwas hätte davonrennen müssen.

Nach dem Begräbnis meiner Schwiegermutter, als wir heimgekommen sind, habe ich mich gleich auf ihren Platz gesetzt und gewußt: jetzt sind wir an der Reihe! Mein Mann und ich. Natürlich kann man auch früher sterben, das kann man immer, aber es ist etwas anderes, ob einen der Zufall erwischt oder ob man an der Reihe ist, weil die eigene Generation dran ist zum Sterben. Für niemanden ist es mehr ein Wunder, wenn mich der Schlag trifft, weil ich in einem Alter bin, in dem die Jungen jeden Tag damit rechnen, daß es aus sein wird mit mir. Und ich muß daran denken, wie ich selber gedacht habe über die Alten, als ich jünger war, und ich weiß, daß die Jungen genauso über mich denken, und es könnte mich einzig und allein trösten, daß es den Jungen auch so gehen wird, wenn sie alt werden, aber diese Genugtuung werde ich nicht haben, weil ich es nicht erleben werde, daß die Jungen alt werden, und die einzigen, mit denen ich mich noch unterhalten kann, weil sie die einzigen sind und auch die einzigen sein können, die mich verstehen, sind die Gleichaltrigen. Wenn sie weggestorben sind, werde ich niemanden mehr haben, der mich versteht, und dann werde ich ein Kreuz über mein Leben machen können, denn wenn ich niemanden mehr haben werde, mit dem ich reden kann, dann bin ich so gut wie gestorben, und ich verstehe jetzt die alten Menschen, wenn sie sagen, sie wollen nicht übrigbleiben, weil man dann einsam ist, da hilft es auch nichts, wenn die Jungen um einen herumwurlen und hektisch sind. Das schaut man sich nur mehr von der Ferne an, und vielleicht ist das auch der Grund, warum einen die Natur weitsichtig macht im Alter, weil man sich das Leben von immer weiter weg anschaut und sich denkt: da habe ich auch einmal mitgemacht und mich wichtig gemacht und mich schön gemacht und gehofft, daß noch jemand anderer auf mich schauen würde als der eigene Mann, der schon lang nicht mehr geschaut hat, und eigentlich ist es komisch, daß man ein Leben lang beim gleichen geblieben ist, und manche Frauen haben vielleicht nie einen anderen gehabt zum Vergleich, und in meinem Alter kann man auch schon darüber reden, was man wirklich denkt, vor allem, weil man weiß, da kommt sowieso keiner mehr, für den es sich auszahlen würde, das nicht zu denken und nicht zu sagen, als anständige Frau.

Ich habe mir auch manchmal gedacht, wie das wäre, wenn mich einer küssen würde, und ich habe mir vorgestellt, wie das ausschaut bei ihm in der Hose, und wie sich das anfühlen würde, wenn man hinlangte. Aber man hat natürlich nie hingelangt als anständige Frau, und außerdem war immer jemand im Haus, so daß es nicht gegangen wäre, und irgendwie ist man alt geworden, schneller, als man gedacht hat, und irgendwie hat man viel mitgemacht, aber nichts erlebt, und man denkt nach über die Möglichkeiten, die man versäumt hat, und über das, was man sich vorgestellt hat vom Leben und was dann geworden ist daraus.

Dabei könnte es mir gutgehen, jetzt, wo ich keine Rücksicht mehr nehmen muß auf die Schwiegereltern und auf den Mann, sogar seine Pension habe ich zum Leben, dann tun aber die Hände und die Füße nicht mehr mit, und auch der Magen nicht, als daß ich so viele Torten essen könnte, wie ich möchte und wie ich mir jetzt leisten könnte.

In Wirklichkeit habe ich nichts mehr zu erwarten, als daß jeden Tag alles schlechter wird mit mir, und dabei habe ich mich längst daran gewöhnt, daß ich in der Nacht mit Schmerzen in den Händen aufwache, und wach liege und warte, daß ich müde werde und die Schmerzen nicht spüre im Schlaf, und dann stehe ich in der Früh auf, schaue in den Spiegel und denke: mein Gott, diese Alte bin ich!

Dann schaue ich, daß ich vergesse, wie ich ausschaue, und dann passe ich auf, daß ich an keinem Spiegel mehr vorbeikomme, und ich denke, vielleicht hat sich die Natur etwas gedacht dabei, als sie die Augen so gemacht hat, daß man sich selber nicht ins Gesicht schauen kann, sonst müßte man vielleicht immer an sich denken, könnte sich nie vergessen und käme nicht zum Arbeiten.

Man darf nicht glauben, nur weil ich nicht über meine Runzeln rede, würde ich sie nicht sehen, und meine zusammengehatschten Füße und meine zerschundenen Hände. Ich kenne alles an mir, von der ersten Falte um den Mund bis zum letzten weißen Haar. Am Anfang habe ich noch jedes einzeln ausgerissen, dann habe ich Angst gehabt, ich könnte eine Glatze bekommen, und zuerst hat es nur weh getan, weil ich nicht mehr schön ausgeschaut habe, dann sind die körperlichen Schmerzen dazugekommen, und dann ist es mir ziemlich egal geworden, wie ich ausgeschaut habe, dann wollte ich nur, daß es nicht mehr weh tut, das Kreuz und die Hand und der offene Fuß, der saftelt und saftelt, und alles rinnt aus, sogar die Krampfadern sind mir ausgeronnen, auf einmal habe ich es warm gespürt im

Stiefel, und beim Gehen hat es geschmatzt, als würde ich in einen weichen Dreck steigen, dabei war es ganz trocken dort, wo ich gegangen bin, da habe ich den Stiefel ausgezogen und ausgeleert, und das Blut ist herausgeschossen, und bis ich den Alaunstein von meinem Mann gefunden habe, war die Krampfader weg. Einfach ausgeronnen.

Am Anfang merkt man es selber nicht, daß man alt wird. Es schauen einen die anderen komisch an, und man weiß nicht genau, warum. Ich kann mich noch gut erinnern, als mir die alte Lodenstein aus dem Nachbardorf mit dem Rad entgegengekommen ist. Zumindest habe ich gedacht, daß es die alte Lodenstein wäre. Sie hat etliche Jahre bei ihrer Tochter in Kanada gelebt, und als sie mir auf dem Rad begegnet ist, habe ich mir gedacht, daß sie sich nicht verändert hätte, daß sie noch gleich ausschaut wie vor zwanzig Jahren, als ich sie das letzte Mal gesehen habe, und als ich »Grüß Gott« zu ihr gesagt habe, hat sie auch »Grüß Gott« zu mir gesagt, und dann ist mir eingefallen, so wie sie ausgeschaut hat, kann es nur die junge Lodenstein gewesen sein, mit der ich in die Schule gegangen bin, und weil sie auch »Grüß Gott« zu mir gesagt hat statt »Servus«, muß auch sie gedacht haben, daß es meine Mutter wäre, die ihr entgegengekommen war.

Ich habe es genau gesehen, als die erste Falte gekommen ist, plötzlich war eine da, von heute auf morgen, und kaum habe ich mich an sie gewöhnt gehabt, ist die nächste aufgetaucht, und immer tiefer haben sich die Falten eingegraben in mein Gesicht, und die Wimpern sind mir ausgefallen, und die Augen sind immer blasser geworden, und das Weiße in den Augen ist gelb geworden, und auf dem Busen haben mir die Haare zu wachsen angefangen, und über der Oberlippe ein Bart, und ich habe nicht mehr gewußt, ob ich ein Mann oder eine Frau bin.

Früher ist man sowieso früher alt gewesen als heute, und mit dreißig war praktisch das Leben vorbei. Da hat einen kein Mensch mehr angeschaut als Frau. Und wenn man niemanden hat, für den man schön sein will, wird es für einen selber auch bald egal, wie man ausschaut, ob man dick ist oder dünn, und wenn die Falten kommen, dann schaut man zu, wie sie sich hinauflegen auf das Gesicht, zuerst ganz zart wie ein feingewobenes Spinnennetz, und wie sie dann langsam hineinwachsen in die Haut, immer tiefer und tiefer, und auf einmal ist man ein Fossil, und man erschrickt, wenn man in den Spiegel schaut, doch abtreten will man trotzdem nicht, weil man noch etwas haben will von der vielen Arbeit, die man gehabt hat, und man möchte sich noch möglichst lange anschauen, was man geleistet hat und wozu man imstande gewesen ist. Wenn man jung ist, fragt man sich, warum die Alten so an ihrem erbärmlichen Leben hängen, und man meint, es müßte der Tag kommen, an dem man genug hat und nicht mehr will, so richtig selber nicht mehr will, weil man alles gehabt hat im Leben oder weil man gescheit genug sein und wissen sollte, daß es nicht mehr kommt, was man sich so sehr gewünscht hat, aber man lernt, damit fertig zu werden, und man lernt überhaupt, mit allem fertig zu werden, und man ist erstaunt, daß der Rücken in der Nacht mehr weh tut als der Schmerz über den toten Sohn.

Wenn man alt wird, kommt man drauf, daß es nichts gibt, das einen Wert hätte, ich meine, so einen Wert, der für sich selber stünde, wie die Stimme des Blutes oder so. Der Vater meines Sohnes hat sich nie mehr für das Kind interessiert, nachdem ich ihn nicht habe heiraten dürfen. Nie ist er ihn besuchen gekommen oder hat ihm etwas geschickt, erst zum Begräbnis ist er gekommen, mit seinem anderen Buben, der erst durch den Partezettel erfahren hat, daß er einen Bruder gehabt hat, und es hat ihm leid getan, daß er ihn nicht zu seinen Lebzeiten kennenlernen durfte, und dabei hätte er immer gern einen Bruder gehabt, hat er gesagt, und er hat meinem Buben auch so ähnlich geschaut, und ich habe gedacht, vielleicht hätte mein Bub sich nicht umgebracht, wenn er einen Vater gehabt hätte, der sich um ihn gekümmert hätte, und vielleicht hätte er einen fast gleichaltrigen Bruder gebraucht, zum Reden, dann wäre er vielleicht nie weggegangen, und vielleicht war es falsch, daß er nichts geerbt hat, denn mit einer Erbschaft hätte er ein Bauer werden können, mit Haus und Hof, und dann wäre er gebunden gewesen, an Grund und Boden, dann hätte er nichts lernen müssen, und keinen Beruf hätte er haben müssen, mit dem er überall hat hingehen können, und überall ist nirgends, wie man hat sehen können, und eine Frau, irgendwo in Deutschland, hat auch keinen Wert gehabt, und nicht einmal das Kind hat so viel Wert gehabt, daß er dafür hätte weiterleben wollen, wenn er schon bereit gewesen ist, seiner Mutter so etwas anzutun.
Oft habe ich mich gefragt, warum sich die einen umbringen, und die anderen tun es nicht, obwohl sie oft

ein schwereres Schicksal haben als jene, die es tun. Vielleicht bringen sich nur solche Menschen um, denen es einmal gutgegangen ist und denen plötzlich etwas passiert ist, das sie verzweifeln hat lassen, denn wenn sich jeder umbringen würde, der eine schwere Krankheit hat oder dem es schlechtgeht im Leben, dann müßte die halbe Menschheit zum Strick oder zur Pistole greifen. Die meisten werden doch fertig damit, daß ihr Leben kein Wünsch-dir-was ist, weil sie nie etwas anderes kennengelernt haben, als daß ihr Leben hart ist, und ungerecht, und daß ein Sonntagnachmittag, an dem man nicht arbeiten muß und an dem man sich einmal hinlegen darf, schon die höchste Freude sein kann in einem Leben.

Mein Bub hat eine geregelte Arbeitszeit gehabt und einen Mercedes, und das ist mehr, als die meisten bei uns je gehabt haben, und einen Kegelabend pro Woche, und jeden Tag sein Bier und seine Zigaretten, und der Chef hat ihn gerngehabt, er ist immer ein guter Arbeiter gewesen, alle Chefs haben ihn gerngehabt, wo immer er war, und ein Chef war sogar der Taufpate von seinem Sohn, er hat nicht nein gesagt, als mein Bub ihn gefragt hat.

6

Jetzt wird die Mutter von der Waltraud ihre Enkelkinder nicht mehr sehen, sie sind wieder hinübergegangen nach Amerika. Es hat ihnen nicht mehr gefallen hier, manchen Menschen gefällt es immer dort am besten, wo sie nicht sind, und ich habe keine Ahnung, wie es der Waltraud jetzt in Amerika gefällt, aber ihr Mann wäre sowieso nie ein gescheiter Österreicher geworden, immer hat er sich aufgeregt, daß es keinen McDonald's bei uns im Ort gibt und keine Geschäfte, in denen man eine Pizza bestellen kann, die nach Hause geliefert wird. Die Kinder sind jetzt arm, hier haben sie wenigstens einen Garten gehabt, und hier haben sie deutsch reden können, wenn sie bei der Oma waren, und was sie drüben haben, wissen wir nicht, wahrscheinlich haben sie nichts als eine Wohnung und einen Swimmingpool, in den man nur hineindarf, wenn der Bademeister da ist, was bei Kindern vielleicht gar nicht so schlecht ist, und für die Waltraud auch praktisch, wenn sie im Sommer nicht dauernd ins Schwimmbad rennen muß mit den Kindern, und in Florida ist fast immer Sommer, aber dafür immer eine Hitze, ich weiß nicht, ob ich das möchte, obwohl, von der Kälte habe ich auch schon genug, und der Totengräber tut mir leid, weil er heuer schon so lange in der gefrorenen Erde graben muß, denn beim Sterben warten nicht alle aufs Frühjahr, obwohl die Leute es dann am liebsten tun, im Frühjahr und im Herbst, dafür gibt es im Winter keine Verwesung, und die Toten stinken nicht. Kein Wunder,

daß sie in den warmen Ländern die Toten verbrennen, das wäre sonst ein Geruch dort. Obwohl es trotzdem stinken soll, wie man hört.
Die Mutter von der Waltraud hat es nicht glauben wollen, daß die Waltraud wieder weggeht von hier, wo sie herkommt und wo sie hingehört, und sie allein läßt, ganz allein, seit ihr Mann gestorben ist, und die Waltraud hat ihr die Kinder weggenommen, die jeden Tag im Garten waren bei der Mutter von der Waltraud, weil die Waltraud keinen Garten gehabt hat bei dem alten Haus, an dem hinten und vorn die Straße vorbeigegangen ist. Sie hat die Kinder nicht einmal allein hinauslassen können auf die Straße, bei dem starken Verkehr, aber die Mutter von der Waltraud hat gesagt, das Haus wäre gut genug für sie, weil es für sie selber auch gut genug gewesen ist, als sie jung war und die Waltraud aufgezogen hat. Natürlich ist die Mutter böse auf ihre Tochter, weil sie wieder weggegangen ist, aber die Waltraud hat gesagt, daß sie in so einem Kaff nicht mehr leben könne, nachdem sie einmal in der Welt draußen gewesen sei, und daß es ihr zu langweilig sei, jeden Tag auf dem Friedhof spazierenzugehen, das Grab vom Vater zu gießen und am Nachmittag bei der Mutter im Garten herumzusitzen und Kaffee zu trinken.
Ihr Mann hat Schicht gearbeitet, in der Autofabrik von dem Strohsack, der nach Amerika gegangen ist und als Stronach zurückgekommen ist und der so reich geworden ist, daß er die ganze Gegend gekauft hat und bei sich arbeiten läßt.
Als die Waltraud gesagt hat, daß sie wieder weggehen werde, hat ihr die Mutter nichts gegeben von ihrem

Erbteil, das sie ihr versprochen hatte, weil sie genau wußte, daß die Waltraud nicht zurückkommen würde, um auf sie zu schauen, wenn sie einmal Pflege bräuchte. Das schöne Haus der Mutter würde die Waltraud verkaufen, wenn sie nicht hier lebt, und deshalb kann es die Mutter gleich jemand anderem geben. Und wenn sie nie mehr nach Amerika fliegen wird und die Waltraud nicht mehr herüberkommt auf Besuch, dann wird sie ihre Enkelkinder auch nicht mehr sehen, auch wenn sich ihre Tochter nicht umgebracht hat. Und später einmal werden die Kinder kein Deutsch mehr können, da wird sie nicht einmal mehr reden können mit ihnen, wenn sie doch noch einmal kommen werden, irgendwann. Vielleicht.

Ich weiß nicht, was der James jetzt in Amerika macht, beruflich. Aber dort, wo man herkommt, fällt man immer wieder auf die Füße, weil es genügend Leute gibt, die einen kennen und weiterhelfen, zumindest wenn man sich weiterhelfen läßt, wenn man nicht so stur ist wie meine Tochter, die sich nie hat weiterhelfen lassen und die immer genau das Gegenteil von dem gemacht hat, was ich wollte. Wenn man sich nur ein bißchen helfen läßt, dann kann man ein gutes Leben haben, dort, wo man herkommt. Ich habe nie verstanden, warum die Leute so weit weggehen müssen und fremde Menschen heiraten müssen, aus fremden Ländern, die noch dazu eine fremde Sprache sprechen. Mir sind die Männer aus den Nachbardörfern fremd genug gewesen, und nie habe ich einen getroffen, der mir nahe gekommen wäre, nicht einmal einen, der sich mit mir am Sonntag in die Kirchenbank gesetzt hätte, und meine

Tochter hätte gern einen, der ihr sogar die abgerissenen Knöpfe an ihren Mantel annäht und der trotzdem kein Trottel ist. Und ich habe ihr immer wieder gesagt, so einen gibt es nicht, sie wird schon noch draufkommen, obwohl ich mir bei ihr nicht sicher bin, daß sie noch auf irgend etwas draufkommen wird, so stur wie sie ist und immer nur ihren Willen durchsetzt, anstatt etwas Vernünftiges zu tun.

Manchmal frage ich mich, ob die Männer in Amerika wirklich anders sind, auch wenn es weit weg ist von hier. Waltrauds Mutter sagt, wenn sie anruft, dann klingt es oft so nahe, als würde sie aus dem Nachbarort anrufen. Sie hat mich einmal gefragt, warum ich nicht hinüberfliege auf einen Besuch zu ihrer Tochter, immerhin bin ich ihre angeheiratete Tante und die Frau ihres Onkels, aber in meinem Alter steige ich in kein Flugzeug mehr. Ein Leben lang bin ich ohne die Fliegerei ausgekommen, und jetzt soll ich es riskieren, daß so ein blöder Vogel abstürzt, wo ich noch nie etwas gemacht habe, was gefährlich gewesen wäre. Nicht einmal die Ausflüge an den Sonntagnachmittagen habe ich leiden können, wenn mein Mann immer hat fahren wollen, von Buschenschank zu Buschenschank, und ich habe gewußt, es kommen uns nur Besoffene entgegen, und außerdem ist mir immer gleich schlecht geworden bei der Kurvenschlingerei, und ich habe keine Freude gehabt mit dem Herumfahren, weil ich gewußt habe, daheim kann mir nichts passieren, es müßte schon ein Erdbeben kommen, oder es müßte mich der Blitz erschlagen, und gegessen habe ich auch nie gern woanders, weil man nicht nachschauen kann, ob die

Leute in der Küche nach dem Klogehen die Hände waschen, bevor sie das Selchfleisch aufschneiden, und allein wenn ich daran habe denken müssen, habe ich schon gegessen gehabt.
Einmal, bei einem Ausflug mit der Bauernkammer, haben wir an unserem Tisch ein ganzes Stück von einem kalten Braten zurückgehen lassen, weil es uns zuviel gewesen ist, und bevor wir es wegtragen haben lassen, hat eine der Bäuerinnen noch drei Kreuze draufgemacht, als Kennzeichen, und bei den nächsten, die eine kalte Platte bestellt haben, war dieses Stück auf deren Teller. Das war vielleicht zum Lachen.
Nicht einmal nach Lourdes bin ich geflogen, als mir meine Tochter diese Reise geschenkt hat zu meinem Geburtstag. Ich glaube, so krank könnte ich nicht sein, daß ich in ein Flugzeug einsteigen und vielleicht abstürzen würde, nur um nach Lourdes zu kommen. Außerdem kann sie selber hinfliegen, wenn sie will, und mir eine Flasche Wasser mitbringen von dort, wenn sie das unbedingt möchte, denn glauben muß man sowieso daran, daß es hilft, von allein geschehen keine Wunder.
Meine Tochter war richtig böse auf mich, weil ich nicht geflogen bin, damals, obwohl sie die Reise schon bezahlt gehabt hat. Aber sie war selber schuld, daß sie mich in ein Flugzeug hat zwängen wollen mit ihrem bißchen Geld, das sie gerade gehabt hat. In meinem Alter soll man mit solchen Späßen nicht mehr anfangen. Ein Leben lang ist alles gutgegangen, warum sollte ich jetzt das Schicksal herausfordern. Natürlich könnte ich mich überwinden und mich zwingen und es vielleicht

doch tun, und dann gefiele es mir vielleicht sogar, aber wozu, wenn es mir daheim auch gutgeht. Eigentlich wundert es mich, daß von meinen Kindern oder Verwandten noch keiner abgestürzt ist. Man hört und liest jede Woche von einem Flugzeugabsturz. Und unzählige Flugzeuge sind voll mit Menschen. Von irgend jemandem müssen das doch die Kinder oder Eltern sein, die abstürzen. Ich habe immer daran gedacht, daß es mich treffen könnte, wenn ich von einem Flugzeugabsturz gehört habe, und meine Tochter war nicht da, und sie hat auch nicht angerufen, daß sie mir die Angst genommen hätte und mir gesagt hätte, daß sie nicht drinnen war in dem Flieger, und als mich das Unglück dann getroffen hat, war es doch anders, als ich es mir vorgestellt habe in meiner Angst, aber ich war nicht verwundert, ich habe mir nur gedacht: Jetzt ist es da, das Unglück, auf das ich in Wirklichkeit ein Leben lang gewartet habe, weil es jeden einmal treffen muß. Wenn die eigenen Eltern sterben, und man ist erwachsen, dann gilt das nicht als Unglück, weil es der natürliche Lauf der Welt ist, daß stirbt, wer alt ist, und jetzt bin ich schon um fünf Jahre älter, als meine Mutter geworden ist, und ich weiß, daß es in meinem Alter für niemanden ein Unglück sein wird, wenn ich sterbe, und daß ich nicht einmal ein großes Begräbnis haben werde, weil viele selber schon gestorben sind, die auf mein Begräbnis gegangen wären, und ich weiß, daß ich froh sein kann, wenn meine Kinder ein bißchen weinen werden und wenn die Enkel ein paar Nelken ins Grab nachhineinwerfen. Wenn sie dann eine Leberknödelsuppe und ein Rindfleisch mit Semmelkren essen gehen, wird das Grab zugeschaufelt werden, und die letzte von meiner Generation wird weg sein, und ich weiß, dann wird die Schwiegertochter heimkommen, nach dem Eiskaffee, den sie auf meinem Leichenschmaus getrunken hat, sie wird sich auf meinen Platz setzen, und sich denken müssen: Als nächstes sind wir an der Reihe!

Dann werden sie in mein Zimmer gehen und die Kästen ausräumen. Was ich getragen habe, werden sie verheizen, und das Ungetragene bekommt die Caritas. Meine Möbel werden sie in die Scheune stellen und dort stehenlassen, bis Würmer das Holz zerfressen, dann werden sie es zu Brennholz schneiden, und mein Zimmer wird eines der Enkelkinder kriegen, und schon wird es sein, als wäre ich nie gewesen, als hätte ich nicht alles aufgebaut, und nicht einmal die Bilder auf dem Nachtkästchen werden sie stehenlassen, von mir und von meinem Mann, und ein ganzes Lebenswerk wird vergessen sein, vergessen von einer Generation auf die nächste.

Wenn ich Glück habe, werden sie auf mein Grab schauen und das Unkraut ausreißen, weil sie selber auch einmal hinein werden wollen, wo wir liegen, mein Mann, mein Sohn und ich, weil sie irgendwo hineinmüssen, mit ihren Leibern, wenn sie an der Reihe sind, und meine Tochter wird auch dort landen, wenn sie sich nicht rechtzeitig nach einem besseren Grab umschaut, in der Stadt oder wo sie gerade lebt, wenn es soweit ist mit ihr, einmal.

Ich weiß, daß ich in die Heimaterde komme und dorthin zurückgehe, wo ich herkomme, und wenn ich nicht mit Vater und Mutter im selben Grab liegen werde, so

werde ich doch auf demselben Friedhof liegen, und in derselben geweihten Erde.
Ja, glaubt denn die Waltraud vielleicht, daß sie nach Hause überführt werden wird, wenn sie einmal stirbt, drüben, in Amerika? So etwas zahlt kein Kind, so etwas tut nur eine Mutter, und bestimmt hat sie noch nie daran gedacht, daß sie einmal ewig dort wird liegen müssen, in dem amerikanischen Grab, in der amerikanischen Erde, mit dem amerikanischen Rasen drüber. Und kein deutsches Wort wird sie hören auf ihrem Begräbnis, und niemand wird sich die weite Reise antun, nur um sie unter die fremde Erde zu schaufeln, nachdem schon zu ihrer Hochzeit niemand hinübergeflogen ist, als sie den fremden Mann geheiratet hat. Niemand hat verstanden, warum sie so schnell hat heiraten müssen, und niemand hat soviel Geld für einen Flug und für ein Hotelzimmer ausgeben wollen, wenn man nicht einmal weiß, ob der Mann was ist oder nicht. Und zum Glück war er etwas, wenn auch nicht ganz das, was man erwartet hätte bei einem Amerikaner. Ich meine, reich und so, wie man sich denkt, daß einer sein müßte, wenn eine nach Amerika geht und einen Amerikaner heiratet. Und dann ist man enttäuscht, wenn man sieht, daß es einer ist, den sie hier auch hätte haben können, und man denkt sich, dafür hat sie sich all das antun müssen, mit dem Englisch und mit der weiten Reise, und dafür hat sie die Eltern verlassen und ihre Heimat verlassen und eigentlich ihre Kindheit und Jugend, und alle hat sie verlassen, denen sie hätte dankbar sein müssen, daß sie soweit gekommen ist, daß sie hat weggehen können.

Weil das nicht nur ihr Verdienst ist. Es müssen einem die Eltern auch etwas mitgeben, mit dem man weggehen kann, wer nichts mitkriegt von daheim, hat nicht die Kraft zu gehen, er bleibt ein Leben lang verwurzelt, wo man ihn hingepflanzt hat. Meinem Buben muß ich diese Kraft auch mitgegeben haben, damit er sich weggetraut hat von daheim, auch wenn er nicht bis nach Amerika gegangen ist, denn Englisch hätte er nicht gut genug gekonnt, aber bis auf Deutschland war genug Kraft da, aber dann hat sie ihn verlassen, so daß er nicht mehr hat heimkommen können, so wie die Waltraud wieder heimgekommen ist, und wieder weggegangen ist, als sie gesehen hat, daß sich nichts geändert hat, daheim. Und ich muß lachen, wenn ich sehe, daß manche bis nach Amerika gehen müssen, um draufzukommen, daß sich daheim nichts ändert. Eine Mutter bleibt immer eine Mutter, und ein Kind bleibt immer ein Kind. Da kann es noch so groß und alt werden und herumkommen in der Welt und Geld verdienen und berühmt werden. Was man einmal gewickelt und gesäugt hat, das bleibt ein Kind, auch wenn alle anderen vor Ehrfurcht und Bewunderung auf dem Boden liegen. Die Mutter wird auf das Kind zugehen und ihm die Nase abwischen, wenn sie schmutzig ist, da kann das Kind der Präsident von Amerika sein oder der Arnold Schwarzenegger, der vielleicht auch noch Präsident von Amerika wird. Eine Mutter wird immer schauen, ob die Nase sauber ist und ob die Haare ordentlich gekämmt sind, erst dann wird eine Mutter darauf schauen, ob der Sohn auch noch Doktor, Professor oder Präsident ist, und ich weiß, wovon ich rede, denn mein

Bub war der beste Preisschütze im Bezirk, und als er angefangen hat mit der Schießerei, ist mir das nicht recht gewesen, aber er hat so ein gutes Auge gehabt, daß er von Anfang an ins Schwarze getroffen hat, und als er beim ersten Preisschießen mitgemacht hat, ist er schon mit einem Pokal nach Hause gekommen, und ich habe gedacht, daß es ein Zufall ist, und als Anfänger hat man oft wo Glück, aber dann ist das so weitergegangen, wo immer er geschossen hat, überall ist er Erster geworden, und die ganze Küchenkredenz ist voll gewesen mit Pokalen, und die Pokale sind immer größer und größer geworden, bis eine ganze Flasche Sekt hineingepaßt hat und er nicht mehr gewußt hat, wohin mit den vielen Bechern, und bald hat ihn jeder gekannt, und ich bin stolz auf ihn gewesen dann, bei der Siegerehrung, und mein Mann und ich, wir sind auf jeden Ball mit ihm gegangen und auf jedes Sommerfest, und alle haben es gewußt, daß er der beste Schütze ist, im ganzen Bezirk, und wenn er geschossen hat, ist er den ganzen Abend an der Schießbude gestanden, mit Zigaretten und Bier, und hat geschossen und geschossen, und hat die anderen hinausgeschossen aus dem Ziel, und immer ist er Erster geworden, nie Zweiter, und viele haben gar nicht mehr mitgeschossen, weil sie gewußt haben, wer gewinnen wird, wenn er schießt. Die Weibsbilder sind närrisch auf ihn gewesen, weil es nicht so viele Männer gibt, die herausschießen aus der Menge, und natürlich bin ich stolz gewesen, daß ich so einen Sohn gehabt habe, nicht einmal einen ehelichen, und trotzdem so eine Begabung, obwohl niemand geglaubt hat, daß aus so einem Kind etwas werden könnte, aber ich habe gewußt, das Zielstrebige hat er von mir, und den scharfen Blick, und die ruhige Hand. Jedes Loch habe ich gesehen in der Hose, wenn es noch so klein war, und genäht habe ich es mit der ruhigsten Hand, die man sich vorstellen kann, und wenn ich fertig damit war, hat man nichts mehr gesehen von dem Loch, und die Hose hat man absuchen müssen, Faden für Faden, damit man die Stelle gefunden hat, wo ich gestopft habe. Beim Waschen war es genauso: den Fleck hat es nicht gegeben, den ich nicht herausbekommen hätte, und wenn alles Waschen und Rippeln nichts mehr geholfen hat, dann habe ich die Wäsche in die Sonne gehängt, weil die Sonne eine Kraft hat, mit der sie jeden Fleck bleicht.

Mein Sohn war auch ein Genauer, und alles, was er getan hat, das hat er vorher fein ausgetüftelt, darum haben ihn auch alle gerngehabt beim Arbeiten. An Sonntagen, auch wenn er nicht in die Kirche gegangen ist, war er immer herausgeputzt mit einer feinen Trevirahose, die eine Bügelfalte gehabt hat wie die Klinge von einem Abstechmesser, und die Schuhe haben geglänzt wie gewichste Hundsbeutel, da hat es nichts gegeben.

Ich habe das immer gerngehabt, wenn ein Mann herausgeputzt ist und etwas auf sich hält. So viele saubere Männer hat es nicht gegeben und gibt es auch heute nicht, weil das kein schöner Männerschlag ist bei uns. Da hat der Herrgott schon wild um sich geschlagen, als er die Männer bei uns in der Gegend gemacht hat, und man könnte glauben, er hätte es zur Strafe für die Frauen getan, weil die Eva in den Apfel gebissen hat, und jetzt müssen alle Frauen in den sauren Apfel beißen und einen von denen nehmen, die so ausschauen, daß man sich nicht vorstellen kann, daß die einmal drinnen waren im Paradies, weil ein bißchen wird der Herr doch geschaut haben, was er da erschafft, und erst recht, wenn das sein Ebenbild sein soll. Wenn man die Männer bei uns anschaut, kann von eben keine Rede sein, die Gesichter sind so uneben, daß ich mich manchmal frage, wie so ein Mannsbild den Löffel in seine Pappen bringt. Wenn man genau hinschaut, wie sie saufen und fressen, schlimmer als die Viecher, dann ist unsere Gegend eine Strafe für die Frauen, die das nehmen müssen, was es gibt. Und meine Tochter hätte nicht nehmen müssen, was es hier gibt, der Tierarzt ist nicht von hier gewesen, und er hat fesch ausgeschaut, und sie hat ihn trotzdem nicht genommen. Weg hat sie müssen von da, unbedingt hat sie wegmüssen, und geglaubt hat sie, daß ihr etwas Besseres unterkommen wird in Wien, oder wo sie gerade lebt. Dabei müßte sie einmal in den Spiegel schauen, so wie sie ausschaut, bräuchte sie nicht groß herumtun und auf die Feinheiten schauen. Sie hätte längst einen Schöneren haben können, als sie mit ihrem Ausschauen verdient hätte, sie soll nur aufpassen, daß es ihr am Ende nicht so geht, daß sie mit den guten Scheitern wirft und dann bei den schlechten Prügeln klaubt. Eigentlich war mein Lediger der Fescheste von allen, zumindest hat er eine gewisse Größe gehabt, mit der er etwas dargestellt hat, und dichtes, schwarzes Haar, bis zum Schluß, nicht einmal den Ansatz einer Glatze hat er gehabt, nur einen Bauch, wahrscheinlich vom Bier, aber sonst war er eine tadellose Erscheinung, und den scharfen Blick hat man gleich sehen können, wenn man ihm in die Augen geschaut hat, und manchmal hat er einen so durchbohrt mit seinem Blick, daß sogar ich mich gefürchtet habe vor ihm. Aber gegen Schluß hin hat sich sein Geschau verändert. Wenn ich darüber nachdenke, fällt mir ein, daß er oft ins Leere gestiert hat, mit der Zigarette in der Hand und dem Krügel Bier auf dem Tisch. Er ist dagesessen, als ob ihn alles nichts mehr anginge, und er hat nicht hingehört, wenn ich etwas gesagt habe. Vielleicht hat er es auch nicht mehr gehört, so versunken, wie er war, oder er hat vielleicht schon in der anderen Welt gelebt, in seinem Kopf.

Ich habe immer befürchtet, daß er an Lungenkrebs sterben könnte, weil er soviel geraucht hat, und oft hat er gehustet, wie ein alter Mann. Schon in der Früh ist er verschleimt gewesen und hat erst einmal eine Fuhre Schlatz herauswürgen müssen aus seinen Lungen, bevor er überhaupt etwas hat reden können. Ich habe gedacht, was ist, wenn mein Bub enden wird wie mein Bruder geendet hat, mit den Schmerzen und dem vielen Geschrei, und wie komme ich dazu als Mutter, daß ich das vielleicht noch miterleben muß, nur weil der Bub sich einbildet, daß er rauchen muß wie ein Schlot.

Als er sich dann umgebracht hat, habe ich gehofft, daß er eine Krankheit gehabt hätte und daß er gewußt hätte, daß sie tödlich sein würde und daß er Schmerzen haben würde, und ich habe gedacht, wie gut es sei, daß er schießen hat können, so gut, daß er mit einem einzigen Schuß ein Ende hat machen können, mit der Angst und mit dem Leiden. Als ich aber erfahren habe, daß es gar keine Krankheit war, daß es nur seine Frau war, die ihn dorthin getrieben hat, ist alles noch viel schrecklicher geworden, denn daß sich einer umbringt, weil er Angst vor dem Sterben hat, das kann man viel leichter verstehen, als daß sich einer umbringt wegen einer Frau. Manchmal denke ich, ob es nicht besser gewesen wäre, wenn seine Frau den Abschiedsbrief gefunden und ihn vernichtet hätte, und wenn wir nie erfahren hätten, warum er sich umgebracht hat, und alle hätten denken können, daß es wegen seiner Lunge war, und seine Frau hätte noch kommen können, und mein Enkelkind hätte weiter eine Oma gehabt, und eigentlich ist es mir nie recht gewesen, daß meine Tochter so genau nachgeforscht hat, warum er sich das angetan hat. Zu seinen Lebzeiten hat sie sich auch nicht um ihn gekümmert, sonst hätte sie ihn vielleicht davor beschützen können, daß er sich das antut. Sie hat immer nur in der Vergangenheit herumgebohrt, wenn alles zu spät war, und alles hat sie wissen müssen, was einmal gewesen ist und was sie überhaupt nichts angegangen ist, wo ihr Vater im Krieg gewesen ist und was er gemacht hat, und nie hat sie aufgehört mit der Fragerei, und ich habe oft das Gefühl gehabt, daß es ihr am liebsten gewesen wäre, wenn wir alle Nazis gewesen wären, damit sie uns so richtig hätte hassen können und sich absondern können von uns. Sie hat immer etwas Besonderes sein wollen, und nie so, wie wir waren, und immer ist ihr unser Leben dumm vorgekommen, und sie hat geglaubt, daß sie die Gescheite ist, die sich eigentlich andere Eltern verdient hätte.

Aber diesen Gefallen haben wir ihr nicht getan, wir sind keine Nazis gewesen, ihr Vater nicht, und ich auch nicht, wir haben damals andere Sorgen gehabt als die Politik.

Mein Mann hätte nie für den Hitler den Kopf hingehalten, dafür hat er viel zu gern gelebt, nur die Hand hat er hingehalten, zum Hitlergruß beim Panzer hinaus, damit der Russ' ihm ein Loch in die Hand hat schießen können, und dann hat mein Mann ins Lazarett müssen, mit seiner durchschossenen Hand, und wenn die Wunde zu schnell geheilt ist, hat er sie zum Eitern gebracht, mit Zahnpasta, die er sich vom Mund abgespart hat. Wenn sie ihn im Lazarett gefragt haben, wie es ihm gehe, hat er immer gesagt, daß es ihm gutgeht, denn die Verwundeten, die gesagt haben, daß es ihnen schlechtginge, die haben sie gleich wieder hinausgeschickt an die Front, zum Verrecken. Wo soll es einem Verwundeten gutgehen, wenn nicht im Lazarett, hat mein Mann immer gesagt. Wenn es ihm dort schlechtgeht, bitteschön, dann hinaus aus dem Lazarett und hinein in den Schützengraben, wenn man dort besser liegt.

Viele sind dort liegengeblieben, die ich gekannt habe, und daß ich meine Brüder nicht verloren habe in Rußland, war ein Glück, weil sie um die paar Jahre zu jung waren, als daß man sie eingezogen hätte. Für uns ist es nicht so ein Unterschied gewesen, vor und nach dem Krieg, arm waren wir sowieso, aber zu essen haben wir immer gehabt, und gegen die Juden haben wir nichts gehabt, wir haben keine gekannt.

Eigentlich wollte ich in Frieden mit allen sein, wenn ich einmal sterbe. Sogar für die erste Frau von meinem ledigen Sohn bin ich immer noch die Mama, und ich war es die ganze Zeit, als er längst schon mit der zweiten verheiratet war, und sie hat auch alles behalten von ihm, sogar die Pokale hat sie aufgehoben für ihren Sohn, damit er irgend etwas hat vom Vater, denn geerbt hat er nichts, und nicht einmal in seinem Abschiedsbrief hat er ein Wort über ihn verloren. Er hat ihm nicht einmal etwas gewünscht für sein Leben, alles Gute oder so, und mit den Pokalen hat der Bub wenigstens die Erinnerung, daß sein Vater der beste Schütze gewesen ist und eine Zeitlang fast jede Woche in der Zeitung gestanden hat. Eigentlich ist die Schießerei schon vorher sein Schicksal gewesen, als er auf jeden Ball gegangen ist und auf jedes Sommerfest, und immer ist er nur am Schießstand gewesen, den ganzen Abend lang, und seiner Frau ist es langweilig geworden, den ganzen Abend nur neben ihm zu stehen und zuzuschauen, wie er Zielscheibe für Zielscheibe ins Schwarze trifft. Sie hat sich amüsieren wollen und tanzen wollen, und so ist sie einmal mit diesem gegangen und einmal mit jenem, und so ein Abend an der Schießbude ist lang, da ist es vorgekommen, daß es manchmal mehr war als nur tanzen, und wenn er draufgekommen ist, war er fuchsteufelswild, und dann haben sie gestritten und herumgeplärrt, in aller Öffentlichkeit, und irgendwann hat sie ganz offiziell ihre Freunde gehabt, so daß es für ihn nicht mehr auszuhalten war. Als er weggegangen ist und mit einem neuen Leben angefangen hat, war es aus mit der Schießerei, er hat kein Gewehr mehr angerührt, aber das hat ihm auch nichts genützt, die Frau ist ihm trotzdem durchgegangen.

Dabei ist er häuslich gewesen. Sonntags hat er sogar

gekocht. Eigenhändig hat er die Henne gefüllt und ins Rohr gegeben, und alle zehn Minuten ist er sie aufgießen gegangen, damit sie schön saftig bleibt, so genau hat er es genommen mit der Kocherei. Und die Erdäpfel hat er direkt ins Fett gelegt, das aus der Henne herausgeronnen ist, und mir ist das Wasser im Mund zusammengelaufen, wenn er mir erzählt hat, wie er das macht. Für so etwas hat er sich interessiert, und er hat mich auch immer gefragt, wie ich dieses oder jenes mache, weil er etwas gehalten hat auf Tradition und weil es ihm im Ausland noch mehr aufgegangen ist, was er an der Heimat gehabt hat, obwohl er dann schon wie ein Bayer geredet hat und auch immer mehr so ausgeschaut hat, mit seinem aufgezwirbelten Schnurrbart und seiner Lederhose.

Vielleicht war es ein Fehler, daß er soviel zu Hause gewesen ist und sich um alles gekümmert hat, er war nie einer, der sich mit Kollegen herumgetrieben hätte oder anderen etwas erzählt hätte von sich. Einmal im Jahr ist er zu einem Grand-Prix-Rennen gefahren, nach Zeltweg oder auf den Nürburgring, aber an den anderen Wochenenden ist er jeden Sonntag daheim gesessen und hat im Fernsehen Sport geschaut. Im Winter Schifahren und im Sommer Autorennen, da hat es nichts gegeben, egal, wo er gewesen ist, auch wenn er bei uns auf Besuch war. Pünktlich hat er sich jeden Sonntagnachmittag hingesetzt und geschaut. Nichts hat ihn abbringen können davon, egal, wie das Wetter war. Selber hat er sportlich nichts gemacht, er hat sich genug bewegt bei der Arbeit, aber zugeschaut hat er leidenschaftlich gern. Ich kann mich noch gut erinnern, als der Jochen Rindt verunglückt ist, was war das für eine Tragödie. Niedergeschlagen ist er gewesen, man hat ihn nicht anreden dürfen, so sehr hat ihn das hergenommen, und später, als der Niki Lauda seinen Unfall gehabt hat, ist er jede Stunde zum Radio gerannt wegen der Nachrichten und hat hören wollen, wie es ihm geht, und wir haben viel darüber geredet, welche Schmerzen er wohl hat bei den starken Verbrennungen, und tagelang hat man nicht gewußt, ob er durchkommen würde. Damals ist es uns als ein Unglück vorgekommen, das uns alle trifft, als dem Lauda das passiert ist, und im Fernsehen und im Radio haben sie von nichts anderem geredet, wir haben alle darüber geredet, auch mit der Nachbarin habe ich mich darüber unterhalten, das hat uns alle bewegt, und alle haben wir mitgelitten, und heute denke ich mir, eigentlich hat es ihm doch keiner angeschafft, daß er Autorennen fahren muß, und ich rechne sogar damit, daß etwas passieren kann, wenn meine Tochter mit dem Auto nach Wien fährt, und der Lauda müßte eigentlich auch damit gerechnet haben, als er Rennfahrer geworden ist, und heute finde ich es ziemlich dumm, daß wir um den Rindt und um den Lauda geweint haben, denn da müßte man um jeden anderen auch weinen, der bei einem Verkehrsunfall verletzt wird oder ums Leben kommt. Aber mein Bub war ein Sportbegeisterter. Das war seine einzige Leidenschaft, an die ich mich erinnern kann, neben dem Schießen, und als sie den Karl Schranz bei den Olympischen Winterspielen ausgeschlossen haben, ist mein Sohn nach Wien gefahren, um ihn persönlich in der Heimat willkommen zu heißen. Wir haben im

Fernsehen geschaut, ob wir ihn sehen, am Wiener Heldenplatz, aber da waren so viele Menschen, es hat geheißen, mehr als beim Hitler, und das will was heißen, aber meinen Buben haben wir nirgends sehen können. Stolz ist er nachher gewesen, daß er dabeigewesen ist, bei diesem Triumph über das Internationale Olympische Komitee und über seinen Präsidenten Avery Brundage.

Manchmal denke ich, daß es seiner Frau vielleicht langweilig geworden ist, neben ihm. Ich verstehe es, wenn ein Mensch eine Leidenschaft hat, ich verstehe es aber auch, wenn ein anderer Mensch darunter leidet. Mein Mann ist gern auf die Jagd gegangen, mein lediger Sohn hat gern Sport geschaut, und mein anderer Sohn spielt Posaune bei der Blasmusik. Mir würde es genauso auf die Nerven gehen, wenn ich jeden Sonntag das Autogeheule im Wohnzimmer hätte, und draußen scheint die Sonne. Man will nicht allein spazierengehen, wenn man geheiratet hat, und als man geheiratet hat, hat man gehofft, daß der Mann mit einem spazierengehen würde, weil er es ja vor dem Heiraten auch getan hat, und vielleicht hätte man ihn gar nicht genommen, wenn man gewußt hätte, daß er nach der Heirat nicht mehr spazierengehen würde und drinnen sitzen bleiben würde und Autorennen schauen, und mir ist das auch ziemlich auf die Nerven gegangen, wenn sie bei uns auf Besuch waren und wenn es den ganzen Nachmittag im Wohnzimmer gewinselt und gejault hat, wo endlich einmal Ruhe gewesen wäre, keine Kreissäge und keine Mischmaschine, dafür eine Autobahn mitten im Wohnzimmer, und ich bin manchmal auch grantig geworden,

weil es mir zuviel gewesen ist, und seine Frau ist allein herumgesessen und hat gewartet, bis es endlich aus war mit der Raserei.
Das hat oft stundenlang gedauert, wenn Regen gekommen ist oder wenn es Unfälle gegeben hat. Dann haben sie das Rennen unterbrochen, und ich habe mir manchmal heimlich gedacht: Da habe ich es noch gut mit meinem Mann, der geht im Herbst ein paarmal auf die Jagd, und im Sommer hockt er mir nicht die Stube voll. Manchmal hat mir seine Frau richtig leid getan, weil ich gesehen habe, daß sie sich etwas anderes gewünscht hätte für ihr Leben, dann habe ich Kaffee gekocht, und dann habe ich mich zu ihr gesetzt, und dann haben wir darüber geredet, daß sie so sind, die Männer, und daß man nichts machen kann dagegen, daß man das aushalten muß, wenn man Frieden haben will daheim, und sie hat dann doch etwas dagegen gemacht und sich einen anderen gesucht, aber ich weiß nicht, ob der andere mit ihr spazierengeht, wünschen würde ich es ihr, wenn das mit meinem Buben nicht gewesen wäre, aber weil es gewesen ist, muß ich ihr natürlich wünschen, daß es ihr nicht besser geht als früher.
Es ist so, daß die Frauen viel Zeit zum Nachdenken haben, während die Männer ihren Leidenschaften nachgehen, und beim Nachdenken fällt ihnen vieles ein, was sie gern anders hätten, und die Männer haben meistens gar keine Zeit, um über ihre Frauen nachzudenken vor lauter Arbeit und vor lauter Leidenschaften, und dann sind sie ganz verwundert, daß die Frauen etwas anderes wollen als sie selber.

Nur manchmal gibt es eine Ausnahme. Im Nachbardorf hat ein Mann beim Heiraten einen Vertrag gemacht und hineingeschrieben, daß er das Recht hat, in der Zeit der Treibjagden auf die Jagd zu gehen, und daß die Frau die Pflicht übernimmt, in dieser Zeit die Stallarbeit zu verrichten. Einfüttern, ausmisten, melken, alles allein, und ich weiß nicht, ob ich jemanden so gernhaben könnte, daß ich einen solchen Vertrag unterschreiben würde, aber andererseits hat die Frau wenigstens gewußt, wie sie dran ist, und es hat keine Streitereien gegeben, wenn er von der Jagd nicht zum Füttern nach Haus gekommen ist. Was haben wir gestritten deswegen. Mein Mann ist oft nicht gekommen, und ich habe auf ihn gewartet mit der Stallarbeit und wollte fertig werden mit dem Vieh, und oft sind wir um zehn Uhr noch im Stall gewesen, wenn die anderen einander schon längst gute Nacht gesagt haben.
Jeder hat seine eigene Vorstellung von einer Ehe, aber man denkt, daß der andere die gleiche Vorstellung haben müßte wie man selber, und dann sieht man, daß es doch ein ganz Fremder ist, den man so nahe an sich herangelassen hat, daß er im selben Bett mit einem liegt, und man weiß nicht mehr, warum man sich gerade ihn ausgesucht hat. Wenn die Verliebtheit einmal weg ist, hätte es genausogut der Nachbar sein können, mit dem man arbeitet und die Kinder aufzieht.
Man fragt sich, was es gewesen ist, daß man sich grad in diesen Mann verliebt hat, und nicht in einen anderen, und die Frau von meinem Ledigen hat sich das vielleicht auch irgendwann gefragt und hat dann Ausschau gehalten nach einem, der ihr vielleicht versprochen hat,

daß er am Sonntag mit ihr spazierengehen würde, anstatt sich vollgefressen auf den Diwan zu legen und Autorennen zu schauen. Da kann man auch gut darauf verzichten, daß sich der Mann in die Küche stellt und eine fette Henne brät, wenn er statt dessen am Nachmittag mit einem zur Konditorei spaziert auf einen Kaffee und auf ein Stück Torte.
Wer kann es ihr verdenken, daß sie noch einmal hat wechseln wollen, mit ihren dreißig Jahren. Im Vergleich zu ihr war mein Sohn ein alter Mann, da muß man nichts beschönigen und ihn vielleicht jung reden, sie war zum erstenmal verheiratet, und eigentlich hätte er sich denken können, daß ihm so was passieren würde, wenn er sich auf eine blutjunge Frau einläßt.
Vielleicht hat es sich ausgezahlt für sie, daß sie es noch einmal probiert hat, und der Sohn meines Buben aus erster Ehe hat erzählt, daß sie hier gewesen ist, bei uns in der Gegend, mit ihrem neuen Mann und dem Kind, und daß sie noch ein Kind dabeigehabt habe, ein kleineres, und daß er sie auf dem Friedhof getroffen habe, wo sie rote Rosen auf das Grab gelegt habe, und ein Herz aus Plastik, und ich habe die Rosen gesehen, als ich auf dem Friedhof war, aber da waren sie schon verdorrt, und vom Herzen ist ein Stück abgebrochen gewesen, und es ist daneben gelegen, das war vielleicht von der Kleinen, und ich habe mir gedacht, was die Mutter dem Kind wohl erzählt habe, wo sein Papa jetzt ist, und vor allem, wie er dahingekommen ist. Seinem Buben aus erster Ehe hat sie erzählt, daß es ihr jetzt gutgehe, und der Kleinen gehe es auch gut, hat sie gesagt, und sie verstehe nicht, warum die Oma so böse ist, und daß sich die

Oma überlegen soll, was sie tut, und wenn sie ein Herz hätte, würde es ihr leid tun, daß sie ihr Enkelkind nicht mehr sehe.
Ich habe mich geärgert und habe dem Buben gesagt, er solle ihr ausrichten, daß ich für meinen toten Sohn ein Herz gehabt habe.
Immer hat sie wollen, daß ich hinauskomme nach Berchtesgaden, sie hat extra angerufen, daß ich kommen soll, im Sommer, und mir ist nichts darum gewesen, dort herumzusitzen, und man muß wenigstens ein paar Tage bleiben, wenn man so weit fährt, aber ich habe mir gedacht, das ist eine gute Schwiegertochter, wenn es ihr so wichtig ist, daß ich komme, dann komme ich halt. So habe ich mich überreden lassen, und jedes Jahr bin ich einmal hingefahren mit dem Zug, die weite Strecke, mit dem schweren Gepäck, damit ich ihnen die Freude mache, und Urlaub haben sie genommen, damit sie mit mir haben herumfahren können, und mir ist meistens schlecht gewesen von der vielen Fahrerei, und heute denke ich manchmal, daß die Frau meines Buben vielleicht nur wollte, daß ich komme, damit er einmal ausfährt mit ihr. Zu ihren Verwandten sind sie mit mir gefahren, und überall hat es zu essen gegeben, und gegessen haben sie, man hat gleich gesehen, wo es hergekommen ist, daß sie so stark waren, denn die ganze Verwandtschaft ist mords ausgefressen gewesen. Es heißt doch, daß dicke Menschen gutmütige Leute sind, und mir ist vorgekommen, daß sie ihn mögen haben, meinen Buben, und sie haben mir gesagt, daß er so tüchtig und ordentlich sei und alles repariere, was kaputtgehe in einem Haus, und die elektrischen

Leitungen habe er ihnen gelegt, als sie ein neues Haus gebaut haben, und ich kann mir nicht vorstellen, daß sie nicht gewußt haben, was ihre Tochter treibt, so was merkt man als Mutter, und dann hätten sie ihr ins Gewissen reden müssen oder sich um meinen Buben kümmern müssen, wenn er schon so nah bei ihnen gewohnt hat und so weit weg war von mir, zumindest hätten sie mir sagen müssen, was los gewesen ist, damit ich ihm hätte gut zureden können.
Allein deshalb soll man nicht weggehen von daheim, weil man mutterseelenallein ist, wenn etwas passiert, und weil man ein Fremder ist für diese Menschen, die einen nicht von Kindheit an kennen, und man wird immer ein Fremder bleiben, und nie werden sie einen auffangen und festhalten, wenn es einem schlechtgeht, und sie werden froh sein, wenn der Fremde wieder geht, wenn er nicht mehr gebraucht wird und übrig ist, und am besten ist es, wenn er dorthin zurückgeht, wo er hergekommen ist, denn dort hat er Eltern und Geschwister, die sich um ihn kümmern sollen, und was geht er sie an, der Fremde, wenn er ausgedient hat, und jemand, den man heiratet, bleibt immer ein Fremder, weil er kein Fleisch und kein Blut von einem ist, weil er nur ein Stück Fleisch von sich hineinsteckt in eine Frau, damit neues Fleisch daraus entsteht, oder zumindest nimmt er es in Kauf, daß neues Fleisch daraus entsteht, aber er ist nie verbunden mit einer Frau durch Fleisch und Blut, das durch einen und aus einem geworden ist, und das man geboren hat, aus sich hinausgeboren hat in die Welt.
So ein Kind trägt man lange mit sich herum, und in sich, bis man es ausgetragen hat. Man spürt, wie es

wächst und einen einnimmt, und alles von einem verlangt, und einem alles abverlangt, wie es einem die Luft nimmt zum Atmen, und die Brüste aussaugt, und das Kreuz kaputtmacht durch das viele Herumtragen, und alles macht es einem kaputt, weil man sich nicht mehr interessiert für das, was man selber ist und selber will, und weil man sich nur mehr aufopfert für den Balg, der schreit und plärrt, wenn er nicht zufriedengestellt wird. Und was hat man davon, von der Aufzucht und der ganzen Kümmerei? Das Kind geht seiner Wege und tut, was es will, es läßt die Mutter zurück. Ob sich das Kind eine andere Frau ins Haus nimmt, die wichtiger ist als die Mutter, ob es seine Siebensachen zusammenpackt und geht, oder ob es ganz weggeht aus dem Leben, mit einem Kopfschuß, man hat soviel getan für ein Kind, und das Kind gibt seine Liebe höchstens weiter an eine andere Frau oder an sein Kind, aber es gibt sie nicht zurück an die Mutter. Mein Bub hat wenigstens Kinder gemacht, bevor er ein Ende gemacht hat mit sich, und so habe ich doch etwas, das weiterlebt durch ihn, und ich kann sagen: Hätte es den Buben nicht gegeben, würde es seine Kinder nicht geben, und so hat alles trotzdem noch einen Sinn gehabt, auch wenn es nicht gleich danach ausgeschaut hat.
Wer weiß, was aus den Kindern einmal wird, man muß nur weiterdenken. Niemand hätte sich gedacht, daß grad mein Bub der beste Preisschütze im Bezirk werden würde, und dabei hat er nicht einmal viel geübt, er hat das einfach können, von Natur aus, eine Naturbegabung war der Bub, er hat nicht groß studieren müssen und Bücher hineinfressen in sich, damit irgend-

wann vielleicht einmal ein Buch herauskommt aus ihm, nein, er hat einfach ein Gewehr in die Hand genommen, aufs Schwarze gezielt und getroffen, ohne Wenn und Aber, wie eine Maschine, jeder Schuß war ein Treffer, da hat man sich auf ihn verlassen können, auch wenn er einen schlechten Tag gehabt hat und alles andere danebengegangen ist, sein Ziel hat er nie verfehlt, kein einziges Mal, soviel hat er nicht schießen können, daß ein Schuß danebengegangen wäre, und ich bin sicher, wenn er die Augen zugemacht hätte, er hätte auch dann ins Schwarze getroffen, weil er es können hat, auch im Schlaf, und ich hätte gern gesehen, wohin er sich das Loch geschossen hat, in seinem Kopf. So einer wie er muß sich doch gut überlegt haben, wo er hineinschießen wird, damit er ins Schwarze trifft.
Wir haben ihn nicht mehr anschauen können, als wir ihn bekommen haben, fertig verpackt, im verschlossenen Sarg, ohne ein Sichtfenster. Das wäre auch kein schöner Anblick gewesen mit dem Kopfschuß und der zerfetzten Schädeldecke, und wer weiß, was noch dran gewesen ist an seinem Gesicht, und vielleicht war so wenig von ihm da, daß ich es nicht geglaubt hätte, daß es mein Bub ist, aber dann hätte ich wenigstens ein Bild vor mir haben können, ein Bild von einem toten Menschen, und ich hätte glauben können, daß alles so ist, wie sie es uns gesagt haben, und ich müßte nicht immer daran denken, daß ich mein totes Kind nie gesehen habe, und daß genausogut wer anderer liegen könnte in dem Grab, und daß mein Bub vielleicht nur ausgewandert ist, nach Amerika, und mit einem neuen Leben angefangen hat, und niemand weiß dort, daß er schon

zweimal verheiratet gewesen ist, und vielleicht geht es ihm gut, mit einer neuen Frau und mit neuen Kindern, und er wird nicht zurückkommen mit ihnen, weil er dem Frieden nicht mehr traut und weil er nicht weiß, wie lange es diesmal halten wird.
Solche Gedanken kommen einer Mutter in den Sinn, wenn sie ihrem toten Sohn nicht über den Kopf hat streichen können und sich nicht von ihm hat verabschieden können, wenn sie ihn schon hat hergeben müssen. Gerne hätte ich es gewußt, wo er sich hineingeschossen hat in den Kopf, es könnte überall sein, und es ist auch egal, wo, das Hirn spritzt auf jeden Fall heraus, aber ihm ist es bestimmt nicht egal gewesen, so ein Genauer, der er war, ich bin mir sicher, daß er sich mitten in die Stirn geschossen hat, genau zwischen die Augenbrauen, und daß er keinen Millimeter Unterschied gelassen hat zwischen links und rechts. Wie eine Zielscheibe wird er sich seinen Kopf angeschaut haben, und dann wird er die Pistole langsam angesetzt haben an die Stirn, und hinein mit der Kugel ins Schwarze. Und hinein mit dem ganzen Buben ins schwarze Loch, in zwei Meter Tiefe, und Schutt und Erde drüber, und weg ist ein Leben, und niemandem fehlt es, wenn es der Mutter nicht fehlt, oder dem Kind, das jetzt keinen Vater mehr hat. Eine Feuerbestattung wäre nicht erlaubt gewesen, weil es ein gewaltsamer Tod gewesen ist, damit man eine Exhumierung machen könnte, wenn Indizien für ein Fremdverschulden auftauchen würden, und wenn man gemein wäre und seiner Frau was antun wollte, so wie sie uns das angetan hat, dann könnte man sagen, daß er einmal angedeutet hätte, daß

sie gedroht habe, ihn umzubringen, oder man hätte ihrem Freund eine Verwicklung in die Sache vorwerfen können, natürlich, wir tun so was nicht, aber andere sind vielleicht dazu imstande. Dann würden sie meinen Buben vielleicht noch einmal ausgraben, man kennt das aus dem Fernsehen, es werden immer wieder solche Fälle gezeigt. Dort sieht man auch, wie so was ausschaut. Da ein Stück von der Hose, dort ein Büschel Haare und was von einem Menschen noch übrig ist, wenn er einige Zeit in der Erde gelegen ist, und vielleicht noch das Gebiß. Er hat gute Zähne gehabt, bis zum Schluß, das ist ein Vorteil, wenn man arm gewesen ist in der Kindheit. Es hat wenig zu naschen gegeben, und die Zähne sind gut geblieben. Mein Mann hat auch noch die eigenen gehabt, als er gestorben ist. Und meine Schwiegermutter auch, obwohl sie weit über achtzig war, und das ist wichtig, grad beim Sterben. Es ist ein Unterschied, ob man schon aussieht wie eine Leiche, weil die Lippen eingefallen sind, ohne Zähne, oder ob man ausschaut wie ein Mensch, der nur schläft. Im Krankenhaus nehmen sie einem die Zähne als erstes weg, wenn man sie aus dem Mund herausnehmen kann, damit man nicht mehr wie ein lebendiger Mensch ausschaut. Sie tun sich leichter, einen beim Sterben wie einen Toten liegenzulassen, wenn man schon wie ein Toter ausschaut. Auch fürs Aufbahren ist es wichtig, weil es das letzte Gesicht ist, das man hat und das die anderen von einem behalten, wenn sie hineinschauen beim Sargfenster. Ohne Zähne schaut jeder Verstorbene wie der Tod aus, und vielleicht ist einem das bei sich selber egal, weil man nichts mehr spürt und weil einem dann alles egal sein kann, was auf der Welt noch gespielt wird, aber bei einem nahen Angehörigen möchte man schon, daß er noch nach etwas ausschaut, wenn ihn alle anschauen kommen. Weil dann geredet wird darüber, wie er ausgeschaut hat, und es ist ein Unterschied, ob es heißt, er schaut aus, wie er immer war, oder ob es heißt, ganz fremd ist er geworden, kaum daß man ihn erkennt. Wenn man so oft bei einem Sargfenster hineingeschaut hat wie ich, dann weiß man, wer da herausschaut. Jemand wie ich sieht den Unterschied, ob der Tote noch gelitten hat oder nicht. Wenn einer, der ein Leben lang glattes Haar gehabt hat, plötzlich daliegt wie ein Engel, mit Locken und Krause, dann weiß man, daß er noch arg geschwitzt hat vor dem Sterben. Aus Angst oder vor Schmerzen, wer weiß das schon, aber so einer ist nicht leicht gestorben.

Wenn du genau hinschaust, dann siehst du in einem toten Gesicht das ganze Leben eines Menschen. Wer nie das Maul hat halten können, liegt meistens mit einem offenen Mund da, wer immer neugierig gewesen ist, bringt nicht einmal beim Sterben die Augen zu, dem kannst du sie zudrücken, so fest du willst, der macht sie immer wieder auf, wer ein spöttischer Kerl war, dem hängt der Mund schief herunter, und wer ein freundlicher Mensch war, der lächelt auch noch, wenn er tot ist, so wie meine Schwiegermutter. Wie sie gelebt hat, so ist sie gestorben, ruhig und freundlich, und ein schöner Mensch ist sie gewesen, auch auf dem Totenbett, mit ihren sechsundachtzig Jahren. Meinen toten Buben hätte ich auch gern noch einmal gesehen, aber nicht einmal das hat er mir gegönnt durch seinen Kopfschuß.

Hätte er sich ins Herz geschossen, wäre er auch tot gewesen, so wie er zielen hat können.
Meinen Mann habe ich auch nicht mehr gesehen, weil meine Tochter ihn mir vorenthalten hat. Sie ist als einzige dabeigewesen, als er gestorben ist. Aber sie hat uns nicht angerufen aus dem Krankenhaus, sie hat uns nicht gesagt, daß er stirbt, so daß wir noch einmal hätten hinfahren können, ein letztes Mal, und ihn anschauen, ein letztes Mal. Ganz allein ist sie bei ihm geblieben, und kein Wort hat sie zu irgend jemandem gesagt, nicht einmal einen Arzt hat sie gerufen oder eine Schwester, sie ist einfach mutterseelenallein bei ihm sitzen geblieben, den halben Vormittag lang, und hat niemandem etwas gesagt. Bis man sie entdeckt hat, bei der Visite, und dann haben sie gesehen, daß ihr Vater schon erkaltet war, dann haben sie meine Tochter endlich weggeschickt, aber sie hat uns noch immer nicht angerufen, sie ist einfach einen Sarg bestellen gegangen, ohne ein Sichtfenster, und im Krankenhaus haben sie meinen Mann schon in den Kühlraum geräumt gehabt, als wir gekommen sind. Wir haben nur mehr seine Uhr mitnehmen können, die er bis zum Schluß getragen hat, die er sich nicht hat herunternehmen lassen, weil er immer wissen wollte, wie spät es ist, und am liebsten hätte er seine Todesstunde selber von der Uhr abgelesen, aber sonst war nichts mehr von ihm da. Was er am Leib getragen hat, war Krankenhauswäsche, und den Anzug haben wir zum Leichenbestatter bringen müssen, der ihn vom Spital abgeholt hat und angekleidet und in den Sarg gelegt.
Früher haben die Verwandten ihre Toten selber ge-

waschen und angezogen, und ich habe mich oft geniert, wenn ich geholfen habe, bei einer alten Tante zum Beispiel, die ein Leben lang eine Jungfrau war und schamhaft gewesen ist, und dann hat man sie komplett ausgezogen und gewaschen und eine frische Unterwäsche angezogen, so richtig mit Unterhemd, Büstenhalter und Unterkleid, als ob es nicht egal wäre für die Ewigkeit, ob man eine Unterwäsche anhat oder nicht, und ich habe die ganze Zeit daran denken müssen, während wir sie aus- und angezogen haben, daß die Tante gestorben wäre vor Scham, wenn man zu ihren Lebzeiten so mit ihrem Körper herumgefuhrwerkt hätte.
Bei einer anderen Tante haben wir beim Umziehen gemerkt, daß ihr Oberschenkel so komisch weggehängt ist. Der Schenkel muß irgendwann bei der Pflegerei gebrochen sein, und niemand hat es bemerkt gehabt, und sie muß furchtbare Schmerzen gehabt haben mit dem gebrochenen Bein, aber alle haben gedacht, daß sie so geschrieen hat, weil sie am Rücken wundgelegen war.
Bei meinem Mann und bei meinem Sohn kränkt es mich am meisten, daß sie sich nicht verabschiedet haben von mir. Kein Zeichen haben sie mir gegeben in ihrer Todesstunde. Kein Glas ist umgefallen, keine unheimliche Stimme ist zu hören gewesen, nichts, nicht einmal im Traum sind sie zu mir gekommen. Sie haben mich einfach zurückgelassen, egal, wie es mir geht und wie ich damit zurechtkomme. Hauptsache, sie selber sind über den Berg. Wenn man wüßte, was kommt, wenn man drüber ist, aber nichts, kein Hinweis, der uns eine Ahnung geben könnte, und natürlich glaube ich, daß es einen Gott gibt, so wie ich erzogen worden

bin und wie ich es gelernt habe, aber ob es ihn auch für die Verstorbenen gibt, wer weiß, manchmal frage ich mich, warum noch niemand zurückgekommen ist und berichtet hat von drüben, wenn es dort um so vieles besser sein soll. Da könnte einer kommen und uns Hoffnung machen, und er könnte heute kommen, dann bräuchten wir keine Geschichten, die zweitausend Jahre alt sind, und wenn da nie einer kommt und berichtet, und wenn nicht einmal im Traum einer kommt, dann kann man vielleicht doch annehmen, daß es drüben eher nichts gibt, als daß es etwas gibt. Und wenn ich so denke, muß ich meinen Buben bewundern für das, was er sich getraut hat, da er von drüben wahrscheinlich auch nicht mehr gewußt hat, als ich weiß, und er ist nicht einmal in die Kirche gegangen und hat sich auch noch scheiden lassen. Wenn er sich sein christliches Leben angeschaut hat, dann hätte er weniger Hoffnung haben dürfen als ich, weil ich doch alles eingehalten habe, was verlangt wird von der Kirche, für einen Platz da oben. Bis auf das ledige Kind vielleicht, aber dafür habe ich eigentlich nichts können, weil die Eltern mich damals in den Keller schlafen geschickt haben, als es geheißen hat, daß die Russen kommen und die Frauen vergewaltigen und umbringen, und darum habe ich ein Jahr lang im Keller schlafen müssen, unter den Äpfeln, damit mich die Russen nicht finden würden, wenn sie kämen, und die Mutter hat gesagt, wenn sie mich trotzdem finden, dürfe ich mich nicht wehren, damit sie mich nicht umbringen. Gott sei Dank haben mich die Russen nicht gefunden, aber der Nachbarsbursch hat gewußt, daß ich im Keller schlafe, er ist gekommen und

hat mich gefunden, und es war kalt, und ich habe mich gefürchtet allein im Keller, und ich habe mich nicht gewehrt, als er sich zu mir gelegt hat, und das ist eine Zeitlang so gegangen, daß er gekommen ist und daß ich mich nicht gewehrt habe, bis die Eltern gemerkt haben, daß ich einen Bauch bekommen habe, dann habe ich wieder heraufmüssen vom Keller, und die Leute haben mich gefragt, ob das ein Russenbalg sei, den ich da im Bauch habe, aber meine Mutter hat den Kopf geschüttelt und gesagt: Das ist ein Kind der Liebe!
Aber heiraten habe ich den Kindsvater nicht dürfen, auch wenn es eine Schande war, ein lediges Kind zu bekommen. Ich war für eine Wirtschaft vorgesehen und nicht für einen armen Nachbarsburschen, der selber nichts gehabt hat, weil er nicht der Älteste war.
Und dieses Kind der Liebe hat sich dann eigentlich selbst geopfert, wenn man genau schaut, so daß es sich im großen und ganzen ausgehen müßte für mich und den Himmel, wenn es so ist, wie ich es im Katechismus gelernt habe.
Bei meinem Buben wäre sich das bei weitem nicht ausgegangen, und trotzdem hat er sich das getraut und ist diesen Weg gegangen. Das Leben muß für ihn eine Hölle gewesen sein, wenn er bereit gewesen ist, die Hölle in der Ewigkeit in Kauf zu nehmen, um seinem Leben zu entkommen.
Ich habe immer gern gelebt, auch wenn es hart und entbehrungsreich war. Ans Umbringen habe ich nie gedacht, so ernsthaft, und ich habe mich auch nie auf jemand anderen verlassen als auf mich, und so habe ich immer gewußt, was ich habe und woran ich bin. Allein

deshalb wäre ich nie weit weggegangen von daheim, weil man sich auf die anderen verlassen muß, wenn man nichts hat und nichts ist. Daheim hat man auf jeden Fall seinen Grund und Boden. Den eigenen oder den angeheirateten. Auf den kann man sich verlassen, der gibt immer was her. Und meinen Garten kann sich jeder anschauen mit der fetten, schwarzen Erde, die wie eine Speckschwarte glänzt, wenn ich sie umsteche im Frühjahr. Eingraben könnte ich mich darin vor Freude, und wenn dann die kleinen Salatpflanzen gesetzt sind und die Radieschen aufgehen, und die kleinen Zwiebeln in einer Reihe stehen, dann stelle ich mich gern hin und schaue auf das alles und denke mir: Jetzt weiß ich wieder, wofür ich lebe!

Weil mir bewußt ist, wie das alles anwachsen wird in ein paar Wochen und wie schnell aus so einem Salatpflänzchen ein ganzes Häuptel wird und aus einer Zwiebel ein ganzer Bund, und ich merke, wieviel Lebensfreude ich herausholen kann aus so einem Grund, und keinen Menschen brauche ich dafür, und keine Reisen und kein Weggehen.

Mir ist es immer ein Rätsel gewesen, wie meine Tochter sich wohlfühlen kann in einer Wohnung, die kein Haus ist, wo es überhaupt keinen Grund und Boden gibt, im vierten Stock von einem Zinshaus. Sie lebt eigentlich in der Luft, mit einem bißchen Beton drunter, grad so viel, daß man nicht durchbricht, und über ihr trampeln fremde Leute auf ihrem Kopf herum, und wenn sie hinausschaut zum Fenster, nichts als Straßen und andere Zinshäuser, und wenn sie hinausgeht vor die Tür, wieder nur Straßen und riesige Häuser, sie lebt ohne festen

Grund und Boden, und sie geht Salat kaufen und weiß nicht einmal, woher er kommt, und sie hat ihn auch nicht wachsen gesehen, und sie ißt Fleisch und hat das Schwein nicht gekannt, und da ist es kein Wunder, wenn die Leute den Boden unter den Füßen verlieren, weil sie keinen gescheiten Grund haben, auf dem sie gehen und auf dem sie leben, und nichts haben sie, wofür es sich auszahlt zu leben, wenn ihnen die Menschen abhanden gekommen sind. Darum darf man sich im Alter nicht alles wegnehmen lassen von den Jungen, auch wenn sie es gut meinen und einem nur die Arbeit wegnehmen wollen. Sie nehmen einem in Wirklichkeit alles weg mit der Arbeit, sie zeigen einem, daß man für nichts mehr notwendig und daher auch für nichts mehr gut ist. Sie glauben, daß sie alles besser machen, auch wenn es bei weitem schlechter ist, aber das geben sie nicht zu. Ich habe mir geschworen, daß ich mir meinen Garten nicht nehmen lasse, da kann sie sich auf den Kopf stellen, die Frau Schwiegertochter. Wir haben immer unsere eigenen Gärten gehabt auf diesem Hof. Meine Schwiegermutter hat ihren Garten gehabt, und ich habe meinen, und wenn die Schwiegertochter auch einen will, dann soll sie selber schauen, wo sie eine gute Erde findet, um einen Garten anzulegen. Aber meinen gebe ich nicht her, und ich werde umstechen, jäten und ernten, solang ich herumgehen kann. Selbst wenn ich einmal umfallen würde in meinem Garten, ich ließe mich eher auf der Bahre wegtragen, als daß ich ihn freiwillig hergeben würde. Auch meine Schwiegermutter hat ihren Garten gehabt, bis zum Schluß, und als sie nur mehr Gestrüpp drinnen gehabt hat, lauter Brombeeren und Himbeeren, sonst nichts, war es immer noch ihr Garten, bis zum Schluß. Nachher haben wir die Stauden weggeräumt und einen Hühnerhof daraus gemacht, damit die Hühner nicht den ganzen Hof verkacken, aber solange die Schwiegermutter gelebt hat, hat sie ihren Garten gehabt und ich den meinen, und das ist gut gewesen so.

Die Arbeit lasse ich mir nicht wegnehmen, früher habe ich arbeiten müssen, mehr als mir recht gewesen ist, und jetzt bestehe ich auf meinem Recht, die Arbeit zu machen. Wenn man ein Leben lang nur etwas gewesen ist, wenn man fleißig gewesen ist, kann man im Alter nicht damit anfangen, nichts zu tun, weil man niemand mehr ist, wenn man nichts mehr tut. Ein nichtsnutziger Fresser ist man dann, wer hat den schon gern an seinem Tisch? Darum werde ich arbeiten bis zum Umfallen, und in den Stall werde ich gehen, bis mich die Viecher erschlagen mit ihren Hufen, aber einen nichtsnutzigen Fresser werde ich mich nie heißen lassen. Die Jungen wissen natürlich nicht, wovon ich rede, wenn ich ihnen das sage. Weil keiner von ihnen mehr gescheit arbeiten kann. Und am wenigsten kann es meine Tochter. Seit sie eine von der Stadt geworden ist, weiß sie gar nicht mehr, wozu ihr der liebe Gott Hände gemacht hat. Weich und weiß sind sie wie die Hände von einem Pfarrer, und mein Mann hat auch solche Hände gehabt, zum Schluß, als er nichts mehr hat arbeiten können und nur mehr herumgelegen ist und die Narbe von seinem Durchschuß immer deutlicher herausgekommen ist, als keine Schwielen mehr auf der Hand drauf gewesen sind. Da habe ich zum erstenmal gesehen, welch schöne

Hände mein Mann eigentlich gehabt hat, und mir ist eingefallen, wie selten wir uns angegriffen haben in all den Jahren, und wahrscheinlich hätten wir nichts gespürt, wenn wir es getan hätten, weil unsere Schwielen so hart gewesen sind, und ich war froh, daß mein Mann nur diesen Durchschuß bei der Hand gehabt hat und daß sonst noch alles drangewesen ist an ihm. Keine Hand, kein Bein hat er verloren im Krieg, denn einen Krüppel hätte ich nie haben wollen in meinem Bett, und dabei war es nicht leicht, einen zu finden, dem nichts fehlt, und das hat man nicht immer gleich gewußt, da hat man genau schauen müssen vorher. Einer Jugendfreundin ist es passiert, Gott sei Dank, bevor sie geheiratet hat, daß sie hingelangt hat, zwischen die Schenkel von dem Mann, und dann hat dort die Hälfte gefehlt. Ich weiß, mit so etwas rechnet man nicht, aber nach dem Krieg hat man auf alles gefaßt sein müssen. Ich habe genau geschaut, ob an dem Mann alles dran ist, den ich heiraten werde, sogar einen Grund und einen Boden hat er gehabt, zumindest einen, den er einmal erben würde. Seinen Vater hat man nur lange genug aushalten müssen, bis er das Zeitliche gesegnet hat, und seine Mutter hat sowieso nie etwas zu reden gehabt neben ihrem Mann, da hat sie im Alter auch nicht mehr damit angefangen, und sie hat einiges aushalten müssen, aber wenn man gut ist im Aushalten, dann hält man auch durch, und sie hat durchgehalten und hat noch gut zwanzig Jahre nachgelebt nach ihrem Mann, und sie hat gute zwanzig Jahre gehabt, ich denke, daß es die besten Jahre ihres Lebens gewesen sind, wo sie tun und lassen konnte, was sie wollte, und es war auch das erstemal in ihrem Leben, daß sie Geld gehabt hat, nämlich die Witwenrente nach ihrem Mann. Sie hat uns gleich die ganze Arbeit überlassen mit ihrer Rente, die sie von heute auf morgen bekommen hat mit dem Ableben ihres Mannes, und sie hat sich nur mehr um ihren Garten gekümmert oder war wochenlang bei ihrer Tochter, der Mutter von der Waltraud, und wenn es ihr dort nicht mehr gefallen hat, ist sie wieder heimgekommen und hat in ihrem Garten weitergearbeitet. Ich hätte das auch gern gehabt im Alter, daß ich einmal hier bin und dann dort, und wenn meine Tochter den Tierarzt geheiratet hätte, dann wäre das möglich gewesen, und eine schöne Rente habe ich auch, von der ich ein bißchen was hätte dazulegen können bei ihr. Wenn das alles so gekommen wäre, wie ich mir das vorgestellt habe für sie und für mich, mit dem schönen Haus und mit dem richtigen Mann dazu, und dem Glück, das wir hätten haben können, wenigstens in den letzten Jahren hätte ich noch glücklich sein können, aber ein glücklicher Mensch ist sie auch nicht, sie ist nie einer gewesen, und jeden hat sie gleich komisch angeschaut, wenn er gelacht hat, und immer hat sie es genau wissen wollen, was es zu lachen gibt, und ich weiß, daß meine Tochter nicht weniger unglücklich wäre, wenn sie den Tierarzt genommen hätte, sie hätte nur einige Sorgen weniger, und ich auch, weil ich sie versorgt wüßte und mich dort wüßte, wenn ich genug habe von hier, und sie hätte nur durchhalten müssen, irgendwann hätten sich die beiden schon vertragen, der Tierarzt und sie, und mein Sohn hätte vielleicht auch nur durchhalten müssen, dann hätte er schon wieder eine gefunden, die

ihn gewollt hätte, aber die Jungen haben das nicht mehr gelernt, daß man etwas aushalten muß im Leben, sie hauen gleich alles hin und glauben, daß sie dadurch glücklicher werden, und dann sind sie enttäuscht, daß nichts mehr drinnen ist in ihrem Leben.
Man muß sich nur die Waltraud anschauen, wie sie hin- und herhetzt zwischen den Kontinenten. Wenn sie in Amerika ist, hat sie Angst, das Leben in Europa zu versäumen, und wenn sie in Europa ist, fehlt ihr Amerika. Immer hat sie Sehnsucht nach dort, wo sie gerade nicht ist, und wenn sie da ist, möchte sie den Hamburger, und wenn sie dort ist, das Wiener Schnitzel. Wenn sie da ist, möchte sie Disneyland, und wenn sie dort ist, die Berge und den Schnee, und so geht das fort und immer weiter, und da darf man sich schon fragen, ob es sich ausgezahlt hat, daß man weggegangen ist, wenn man dann doch nur hin und her will zwischen den Kontinenten und die anderen mitreißt in ein unstetes Leben. Die Kinder wissen nicht, wo sie hingehören, sie wissen nicht einmal, welche ihre Muttersprache ist, wenn die Mutter einmal deutsch redet und dann wieder englisch. Und der Mann kann sich nirgendwo etwas Gescheites aufbauen, weil dreimal Umziehen wie einmal Abbrennen ist.
Immer heißt es, das Leben hat sich verändert, alles ist nicht mehr so, wie es einmal war, aber in Wirklichkeit haben sich die Menschen nicht verändert, sie sind nur verwirrt, weil sie nicht wissen, wohin mit sich und der vielen Freiheit und den vielen Möglichkeiten, für die sie hart gearbeitet haben. Sie wollen immer noch das gleiche, was wir wollten und all die Generationen vor uns

gewollt haben. Man muß sich nur meine Enkelin anschauen mit ihren siebzehn Jahren. Die Beste ist sie von der ganzen Schule, und was will sie? Ihren Freund will sie, den sie sich ergattert hat, heiraten möchte sie ihn, Kinder kriegen und ein schönes Leben haben. Daran ändert die ganze Schulbildung nichts, und auch das Herumfahren ändert nichts, und die fremden Sprachen ändern genausowenig, die sie lernen. Die Wünsche bleiben immer die gleichen.
Nur der Bub von meinem verstorbenen Sohn hat keine Wünsche mehr. Der Tod von seinem Vater hat ihn so hergenommen, daß er sich nichts mehr anfängt mit einer Frau. Er hat gesehen, wie so etwas ausgehen kann, und wohnt noch immer bei der Mutter, mit seinen fast dreißig Jahren. Die jungen Mädchen interessieren ihn nicht, und wenn er eine kriegt in seinem Alter, dann ist sie schon geschieden und hat ein Kind. Und das interessiert ihn auch wieder nicht. Sein Vater hat schon eine Geschiedene geheiratet, seine Mutter, und es ist nicht gutgegangen, da wird der Bub nicht das gleiche machen, und der Vater hat sich als nächstes eine ganz Junge genommen, und es ist auch nicht gutgegangen. Was für eine soll sich der Bub denn nehmen, frage ich mich, um nicht die gleichen Fehler wie sein Vater zu machen. Es ist kein Wunder, daß er bei der Mutter bleibt, die geht ihm bestimmt nicht davon, auch wenn sie nie da ist und nur tut, was sie will, weil sie immer schon getan hat, was sie wollte. Der Bub wartet oft die halben Nächte, bis sie heimkommt, von irgendwelchen Gasthäusern, in denen sie arbeitet, und er hat nichts zu essen gehabt, den ganzen Abend lang. Und ich habe zu

ihm gesagt, er soll doch zu mir kommen, ich koche ihm etwas, wenn er hungrig ist, aber er wollte nicht und hat gesagt, daß er lieber auf seine Mutter warte. Einerseits ist das ja schön, wenn ein Kind so an der Mutter hängt, ein Leben lang, und ich hätte das auch gern gehabt, wenn meine Kinder so an mir gehängt wären, aber wenn man eine Mutter hat, die nicht soviel Zeit hat, weil sie selber für alles sorgen muß, weil sie niemanden hat, der für sie sorgt, dann wäre es besser, das Kind würde sich jemand anderen suchen, an den es sich hängen kann. Sein Vater hat sich doch auch geschlichen, wenn man es genau nimmt, zuerst von seiner Familie, als er weggegangen ist, und dann aus dem Leben, ohne Rücksicht, wie es seinem Buben damit gehen würde, und selber ist und bleibt man doch nur die Oma, die mit Rat und mit etwas Geld aushelfen kann. Natürlich hätte man es gern, daß aus allen Kindern und Enkelkindern etwas Gescheites wird, aber das kann man sich nicht aussuchen. Die einen finden einen Sinn in ihrem Leben und die anderen nicht, aber irgendeinen Antrieb braucht der Mensch, damit er das Leben nicht an sich vorbeilaufen läßt. Mein Antrieb waren immer die Nachbarn. Das, was sie hatten, wollte ich auch haben, und das, worauf sie neidisch waren, hat mich am meisten gefreut. Ich kann mich noch gut erinnern, als wir mit dem Bau des neuen Hauses begonnen haben, und die Nachbarn haben noch nicht einmal einen Plan gehabt. Die Nachbarin hat erzählt, daß sich ihr Mann jeden Tag betrunken hat, weil er seinen Neid nicht ausgehalten hat, den er darüber gehabt hat, daß wir bauen würden und sie nicht. Richtig rabiat soll er gewesen sein, und in der Nacht soll er auf unserem Rohbau herumgegangen sein und alles inspiziert haben, damit er es noch größer und noch besser machen könne, als wir es gemacht haben. Wir haben gebaut und gebaut und alles gemacht, was modern gewesen ist, und wir haben ein echtes steirisches Bauernhaus hingebaut, mit schmalen Giebeln und kleinen Balkonen und einem steilen Dach, auch wenn mir ein Bungalow besser gefallen hätte, aber mein Sohn wollte ein echtes steirisches Bauernhaus haben, so wie das alte eines war, von siebzehnhundertvierundvierzig, und es ist ganz schmuck geworden, aber zwei Jahre später hat der Nachbar zu bauen angefangen, und er hat uns ein Tiroler Haus vor die Nase gesetzt, mit riesigen geschnitzten Balkonen, daß sich die Balken gebogen haben, und mit doppelt so vielen Zimmern, als wir sie haben. Aber in ihr Wohnzimmer lassen sie niemanden hinein, das mit hellem Holz getäfelt ist, und der Boden ist auch aus hellem Holz, und er wäre bald verschmutzt, wenn man hineingehen würde. Sie machen einem nur die Tür auf und lassen einen hineinschauen, und selber schauen sie auch nur hinein. Eigentlich leben sie im Keller. Dort darf man mit den Schuhen hineingehen, und für die Stallkleidung ist auch Platz. Sie haben einen Fernseher dort und einen Herd, und im Vorraum eine Dusche, und das ist praktisch, weil die schönen Räume nicht verschmutzt werden, wenn man im Keller lebt. Bei den Nachbarn ist alles wie neu, nur bei uns schaut es schäbig aus von den vielen Besuchen und von den Kindern, die überall hineindürfen. Aber man kann zu den Jungen sagen, was man will, die Kinder dürfen alles, und überall haben sie ihr

Zeug herumliegen, nur in mein Zimmer dürfen sie nicht.
Ich habe meine Kinder auch nie in mein Schlafzimmer gelassen, und meinen Mann habe ich auch nicht hineingelassen, wenn er sich mit der Werktagskleidung hat hinlegen wollen, zu Mittag oder am Nachmittag. Dann, als die Schwiegermutter gestorben ist, habe ich ihn endlich ganz hinausbekommen aus meinem Zimmer.
Bei mir ist noch alles wie neu. Wenn ich den Kasten aufmache, liegen die neuen Handtücher noch genauso gefaltet, wie die Jungen sie mir geschenkt haben, und die neue Bettwäsche, original verpackt, und die viele neue Unterwäsche und die Kombinesch, die ich immer bekommen habe an den Muttertagen, alles ist noch da, genauso wie die feinen Strümpfe, die ich schon beim Auspacken zerreißen würde mit meinen rauhen Fingern. Meine Kinder haben mir immer schöne Sachen geschenkt, und das ist ein Problem, weil die schönen Dinge meistens nicht praktisch sind, und die praktischen sind meistens nicht schön, und darum habe ich mir das, was ich wirklich anziehe, erst immer selber kaufen müssen. Leider kann man das, was man im Kasten hat, nicht den Nachbarn zeigen, und die Nachbarin hat fast jeden Monat ein neues Kostüm an, und bei jeder Hochzeit und bei jeder Taufe ist sie neu, und ich gehe nicht mehr in die Kirche, wenn ich sie sonntags herauskommen sehe aus dem Haus, und sie hat schon wieder etwas Neues an, da bleibe ich lieber daheim und ziehe mein Sonntagsgewand wieder aus, damit ich sie nicht sehen muß und damit ich nichts sagen muß dazu. Voriges Jahr haben sie ihr Haus neu ange-

strichen, komplett von oben bis unten, und ich habe zu unseren jungen Leuten gesagt, daß wir unser Haus auch neu streichen sollten, aber mein Herr Sohn hat gemeint, daß die Farbe noch schön sei. Möglich, daß es nicht unbedingt notwendig wäre, aber jetzt ist das Nachbarhaus so groß in diesem Tiroler Stil, wenn man bei denen auf dem Balkon steht, kann man wie von einer Aussichtswarte über das ganze Dorf schauen, und seit sie das Haus auch noch frisch gestrichen haben, strahlt es wie ein Leuchtturm, und unser Haus daneben ist gar nicht mehr zu sehen.

Ich habe zu meinem Sohn gesagt, daß ich es mache, wenn er nicht will oder keine Zeit dafür hat, aber er hat mich ausgelacht und gesagt, so weit lasse er es nicht kommen, daß ich es machen würde mit meinen kaputten Händen.

Zum Glück hat die Schwiegertochter ein neues Auto gekauft im vorigen Jahr, ein großes noch dazu, mit Klimaanlage. Die Nachbarn haben nichts gesagt zu dem Auto, und wenn sie nichts sagen, dann ist der Neid am größten, dann weiß man, wie das innerlich gräbt und wurmt, daß sie alles zusammenkratzen werden, damit sie bald ein noch größeres Auto kaufen können. Und den größten Triumph in meinem Leben habe ich gehabt, als meine Tochter mit dem Tierarzt gegangen ist. Wie haben sie geschaut, als das Tierarztauto jeden Tag bei uns gestanden ist. Zuerst hat der Nachbar gemeint: Habt ihr so viele kranke Viecher, weil ihr dauernd den Tierarzt braucht? Da habe ich ihm sagen müssen, zu wem der Tierarzt wirklich kommt, und der Nachbar hat natürlich nichts mehr gesagt, aber er hat gesehen,

daß der zukünftige Schwiegersohn unsere Viecher behandelt hat, und natürlich hat er sich gedacht, daß er nichts verlangen würde dafür, wenn er mit der Tochter des Hauses geht. Ich bin so stolz auf meine Tochter gewesen, und die Nachbartöchter haben nur einen Mechaniker und einen Tischler erwischt, und als sie gemerkt haben, daß der Tierarzt so oft kommt, sind sie schauen gekommen, und der Nachbar ist auch oft gekommen und hat um Rat gefragt, wenn seine Viecher gehustet haben oder aufgebläht waren.
Am liebsten hätte ich es gehabt, wenn der Tierarzt einmal die Nacht über geblieben wäre, so daß sein Auto in der Früh auch noch im Hof gestanden wäre, damit sie gesehen hätten, wie ernst es ist. Aber meine Tochter hat das nie wollen, sie ist immer zu ihm gefahren, weil er selber eine Wohnung gehabt hat, bevor er ein großes Haus gebaut hat, später, mit einem Garten und einem Biotop drinnen. Nicht ein einziges Mal hat sie mir den Gefallen getan, daß sie über Nacht geblieben wäre mit ihm, nicht ein einziges Mal, dabei wäre es doch so ein Triumph für mich gewesen.
Später war das auch die größte Niederlage in meinem Leben. Man muß sich vorstellen, was für ein Triumph das für die Nachbarn war, als es aus war zwischen unserer Tochter und dem Tierarzt. Man kann sich doch vorstellen, wie sie gelacht haben. Sie haben auch nicht wissen können, daß sie es war, die nicht mehr wollte, sie haben natürlich gedacht, daß er sie stehenlassen hat, und ich bin damals wochenlang nicht aus dem Haus gegangen, damit sie mich nicht ansprechen konnten darauf.

Wenn ich mir vorstelle, wie sie sich heimlich das Maul zerrissen haben werden und gesagt haben, daß er so eine wie unsere Tochter nur für den Spaß gebraucht habe, zum Heiraten suche er sich eine andere, mit einer feineren Herkunft. Zum Glück hat er dann keine andere geheiratet, so daß man wenigstens noch hat sagen können, daß er nur sie gewollt hat und keine andere, aber was wäre das für ein Triumph gewesen, diese Hochzeit. Mit Ferngläsern hätten sie geschaut, wenn er unsere Tochter abgeholt hätte, im schwarzen Anzug, mit der Masche um den Hals und mit den feinen Verwandten um ihn herum, und meine Tochter im weißen Brautkleid mit einem meterlangen Schleier hintennach, und ich neben ihr, und ihr Vater im neuen Anzug als ihr Brautführer. Eine Fliege hätte ich sein wollen und zuschauen hätte ich wollen, wie die Nachbarn zugeschaut hätten, und was sie alles gesagt hätten, in ihrem Neid, daß gerade unsere Tochter so einen Mann erwischt hat, vor allem sie, gerade sie, die sie immer ausgelacht haben, weil sie ein Sonderling gewesen ist und nicht einmal nach dem Dreivierteltakt hat tanzen können.

Und jetzt hat meine Enkelin auch so einen feinen jungen Mann, den Sohn vom Bezirksrichter, und ich weiß gar nicht, ob die Nachbarn den Sohn vom Richter überhaupt kennen und ob sie schon wissen, wer das ist, der zu meiner Enkelin kommt. Ich kann nicht einfach zu ihnen gehen und sagen: Wißt ihr überhaupt, mit wem meine Enkelin geht?

Da müssen sie selber draufkommen, und dann möchte ich ihre Gesichter sehen, wenn sie es wissen. Nach der schlechten Erfahrung mit meiner Tochter habe ich Angst, daß es bei meiner Enkelin auch nichts werden könnte, und die Schwiegertochter will nicht, daß er über Nacht bleibt, weil die beiden noch so jung sind, aber ich hätte nichts dagegen, dann würde die Enkelin vielleicht bald schwanger werden, und mit einem Kind könnte sie ihn nicht mehr so leicht wegschicken, wenn ihr etwas nicht paßt.

Ich habe gesagt, sie soll seine Eltern einladen, damit wir uns einmal richtig kennenlernen würden, aber sie hat gleich den Mund verzogen und gesagt, sie könne die Eltern oft genug sehen, wenn sie bei ihnen sei. Ich habe ihr nicht sagen können, wie die Nachbarn schauen würden, wenn so feine Leute bei uns ein und aus gingen. Manchmal kommt der junge Mann mit dem Fahrrad vom Vater oder von der Mutter, wenn er sein eigenes bei uns stehengelassen hat und ihn die Schwiegertochter mit dem Auto heimgebracht hat in der Nacht. Auf die Räder passe ich gut auf, damit niemand herumfährt damit, und ich achte darauf, daß sie nicht im Freien stehenbleiben über Nacht. Wenn ich mir vorstelle, ein Fahrrad von denen würde gestohlen werden bei uns, wie wir dastehen würden! Die Fahrräder von Herrn und Frau Rat sind zum Anschauen schön. Wie gepflegt sie sind. Der Lack glänzt wie neu, nichts ist abgeschrammt oder zerkratzt, und die Glocke, wie hell und klar sie klingt, und die Griffe, elegant geschwungen, diese Räder sind nicht solche Böcke, wie sie unsere Jungen haben, und einen richtigen Gepäckträger haben sie drauf, so etwas gibt es heute kaum noch. Und kein Stück alter Dreck klebt an den Felgen oder Speichen, alles ist blank geputzt wie neu, und die Sättel sind ganz weich, aus feinem Kunststoff, und fahren kann man damit, wenn du oben sitzt, fühlst du dich wie eine Herrschaft, und wenn du in die Pedale trittst, dann geht es so leicht, als würde dich jemand schieben. Einmal habe ich mich draufgesetzt auf das Rad seiner Mutter und bin ein bißchen gefahren, herrlich war das. Nicht, daß man denkt, die Räder wären in so einem guten Zustand, weil seine Eltern nie fahren würden damit, im Gegenteil, obwohl die Frau Rat die Frau vom Herrn Rat ist, macht sie die meisten Wege mit dem Fahrrad. Einkaufen, auf dem Friedhof Blumengießen, Arztbesuche, alles mit dem Rad, sie ist sich nicht zu nobel dafür. Wenn man genau schaut, kann man sehen, daß sich die wirklich noblen Leute für nichts zu nobel sind, nur die, die so tun, als wären sie nobel, die sind sich für alles zu fein. Wenn ich zu den Nachbarn hinüberschaue, dann sehe ich selten einen noblen Besuch. Ich kann mich nicht erinnern, wann einmal jemand dort gewesen wäre, bei dem ich mich gefragt hätte, wer das nur sein könnte und warum er gerade zu denen kommt. Vielleicht der Tierarzt zum Kuhbesamen, oder der Pfarrer zu Ostern, nach der Fleischweihe, weil die Nachbarn an der Reihe sind, um zu bewirten. Aber darauf braucht man sich nichts einzubilden, weil der Pfarrer jede halbe Stunde woanders eine Weihe hat und vom Fleisch fast nichts anrührt, weil er nicht in jedem Dorf essen kann, aber hinstellen muß man ihm trotzdem einen ganzen Teller voll, denn wie würde das ausschauen, wenn man es nicht täte, und dann schaut man, daß er beim Reden nicht zuviel spuckt, damit man das Fleisch selber noch essen kann, wenn er wieder weg ist. Man weiß auch nicht recht, was man mit ihm reden soll, weil man über die Leute nicht schimpfen will bei jemandem wie dem Pfarrer, den man nicht so gut kennt, und er kann auch nicht immer nur von der Kirche und vom Beten reden. Dann sagt er meistens: Schön habt ihr es!

Und ich sage, daß es viel Arbeit brauche, damit alles so schön sei, und er sagt, wir sollen aber vor lauter Arbeiten und Herrichten nicht vergessen, in die Kirche zu gehen. Und ich kann ihm dann nicht sagen, daß ich nur deshalb daheim bleibe, weil die Nachbarin etwas Neues anhat und weil ich nicht möchte, daß mich die Leute nach meinem Buben fragen, und dann sage ich, daß mir das Kreuz weh tut oder daß ich nicht mehr lange sitzen kann. Und er sagt dann: Das kommt davon, weil du nie hast sitzen können und eine Ruhe geben und ein bißchen an den Herrn denken.

Aber das lasse ich mir auch nicht gefallen und sage dann: Herr Pfarrer, mich hat der Herrgott genug geprüft, er hat schon dafür gesorgt, daß ich an ihn denke!

Und dann fällt ihm wieder ein, daß er meinen ältesten Buben eingesegnet hat und daß er ihm ein kirchliches Begräbnis gemacht hat, obwohl er ein Selbstmörder war, und eigentlich hätte er es nicht tun müssen, und dann sagt er zu mir, daß ich daran denken soll, daß die Menschen mit den besonders harten Prüfungen von Gott auserwählt sind und daß er sie ganz nah an seiner Seite haben möchte. Da habe ich ihn einmal gefragt, ob er auch harte Prüfungen zu bestehen gehabt hat, und er hat zur Antwort gegeben, niemand wisse, wieviel Leid

noch auf ihn zukommen würde und welch furchtbare Schmerzen ihn vielleicht noch ereilen würden, wenn er dereinst sterben müsse.
Heimlich habe ich mir gedacht: Pfarrer, du weißt zwar auf alles eine Antwort, aber vom Leben weißt du nichts!
Wenn er bei den Nachbarn mit ins Haus geht, nach der Fleischweihe, sperren sie sogar ihr Wohnzimmer auf, und der Pfarrer darf hineingehen, und ich glaube, ihm sagen sie nicht einmal, daß er die Schuhe ausziehen soll, dafür putzen sie nachher drei Tage lang, weil ein Pfarrer noch lange kein Heiliger ist und auch seinen Dreck hinterläßt. Zu reden werden sie auch nicht viel mehr haben als unsereins, höchstens, der Nachbar fängt an, über die Leute herzuziehen, und das tut er für sein Leben gern. Ich glaube, daß es seine liebste Beschäftigung ist und daß er die größte Freude damit hat, wenn den anderen etwas passiert. Wie er das gehört hat von meinem Buben, nicht daß er sich heimlich gefreut hätte darüber, aber daß es jetzt um einen weniger gibt, der mit einem Mercedes zu uns kommen wird, das hat mir der Nachbar schon hineingedrückt, als er sein Beileid ausgedrückt hat. Irgendwie habe ich gemerkt, welche Erleichterung es für ihn gewesen ist, daß wir so ein Unglück gehabt haben. Und irgendwie versteh ich das auch. Wenn man sieht, was den anderen alles passiert, ist man gleich zufriedener mit dem eigenen Schicksal, und zufrieden oder glücklich sein kann man sowieso nur im Vergleich, indem man schaut, wie es den anderen geht. Wenn es ihnen schlechtgeht, geht es einem besser, und geht es den anderen zu gut, dann wird einem

schlecht dabei, weil man sich fragt, warum es den anderen so gutgehen darf, schließlich hat man selber auch alles getan, damit es einem gutgeht. Und eigentlich ist es egal, für wen man lebt. Ob man alles tut, um dem Nachbarn zu gefallen oder um ihm eins auszuwischen, oder ob man bis nach Amerika geht, wie die Waltraud und der Schwarzenegger, und der ganzen Welt zeigen will, was man kann und wie weit man gekommen ist im Leben, es bleibt immer das gleiche, das uns glücklich oder unglücklich macht.

7

Der Waltraud soll es nicht gutgehen in Amerika, hat ihre Mutter gesagt. Die Kinder gehen zwar in die Schule, aber am Nachmittag müsse trotzdem wer dasein, und so könne sie nicht arbeiten gehen, und dick würden sie es nicht haben, wenn nur der Mann Geld heimbringt, und Garten haben sie auch keinen, wo die Kinder spielen könnten, so wie es hier war, wenn sie zu ihrer Mutter gegangen ist und die Kinder dort freigelassen hat und am Abend wieder eingefangen, so wie es bei uns auch gewesen ist, als die Kinder klein waren. Drüben müsse sie dauernd etwas unternehmen, ohne Garten und weil es immer warm sei. Die Mutter von der Waltraud hat erzählt, daß die Kleine kein Deutsch mehr spricht, das muß man sich vorstellen: da hast du ein Kind fast allein aufgezogen als Oma, und hast ihm die ersten Worte beigebracht, und wahrscheinlich hat es Oma gesagt, noch bevor es Mama hat sagen können, und bis zum fünften, sechsten Lebensjahr hast du das Kind jeden Tag gesehen, und es hat alles mit dir beredet, was ihm wichtig war, und dann nehmen sie es dir weg, von heute auf morgen, keine Oma mehr, kein Garten mehr, und dann rufst du in Amerika an, und das Kind kann nicht einmal mehr reden mit dir in der Sprache, die du ihm beigebracht hast. Weil die Mutter zu faul ist, um in der Muttersprache mit ihren Kindern zu reden, sie sagt, sie sollen Spanisch lernen, Spanisch sei in Amerika wichtiger als Deutsch. Das muß kränkend sein, wenn man ein Kind hat, das auf die Heimat pfeift

und auf die Sprache, und auf das schöne Haus, und auf den Garten. Und wenn sie drüben ausgehen, in Amerika, dann gehen sie in die Shopping Mall, die aussieht wie eine deutsche Stadt, mittelalterlich, mit einer Burg und einem Ziehbrunnen. Bei uns hätte sie jeden Tag einen Spaziergang zur Burg machen können, und nicht einmal ein Auto hätte sie dafür gebraucht, und ich bin sicher, daß die Waltraud nicht zehnmal dort gewesen ist in der Zeit, als sie hier gelebt hat. Manchmal frage ich mich, ob mein Bub auch auf die Heimat gepfiffen hat, und wenn ich mir seinen Abschiedsbrief genau anschaue, dann hat er nichts davon geschrieben, daß er zu Hause beerdigt werden möchte, daß er wenigstens sein Grab haben möchte in der Heimaterde, wenn er schon nicht als Lebender zurückkommen wollte zu uns. Eigentlich hat er nur von der Frau geschrieben und von dem Kind, und von dem neuen Mann, den sie habe, und man könnte denken, daß es ihm egal gewesen sei, wo er begraben werde, aber vielleicht hat er nur nichts geschrieben davon, weil er uns keine Scherereien machen wollte, und uns die Überführungskosten sparen wollte, die so ein Leichentransport kostet.
Als er noch gelebt hat und auf Besuch gekommen ist, von Deutschland herein, hat er immer eine Lederhose angehabt und einen bayrischen Trachtenjanker, und mit uns hat er bayrisch zu reden angefangen, als würde er unseren Dialekt nicht mehr können, und statt von der Jause hat er von der Brotzeit geredet, und das ist mir komisch vorgekommen, und als die Waltraud auf Besuch gekommen ist, hat sie einen roten Trainingsanzug getragen und weiße Turnschuhe dazu, und die

Haare hat sie weißblond gefärbt gehabt wie eine Amerikanerin, so wie man sie aus den Fernsehserien kennt, wo man die Leute lachen hört, obwohl es gar nicht lustig ist. Und wenn meine Tochter kommt, die wenigen Male, die sie kommt, hat sie immer diese Jeanshosen und Lederjacken an, nicht, daß man bei uns keine Jeans tragen würde, unsere Jungen haben das auch alles, wir sind keine Hinterwäldler, aber sie könnte doch einmal mit etwas Gescheitem daherkommen, mit einem Kostüm oder mit einem Kleid, so daß man es wenigstens sehen könnte, ob sie sich auch einmal was Neues leisten kann oder nicht.
Eigentlich ist es mir egal, ob ihnen die Heimat etwas bedeutet oder nicht, aber wenn sie so tun, als wäre es überall anders besser, und dann kommen sie als Abgebrannte oder als Leichen zurück, dann ärgert mich das schon. Weil bei uns noch jeder etwas geworden ist, mit einem bißchen Fleiß und einem Willen, etwas zu schaffen.
Ich habe meine Lebtage lang gewußt, für wen ich das alles tu, was ich getan habe. Mit jedem Krauthäuptel, das so geworden ist, wie ich es gern gehabt habe, bin ich zur Nachbarin gelaufen, wenn ihr Kraut von den Schnecken zerfressen gewesen ist und sie es den Säuen hat geben müssen. Wenn ich die Fenster geputzt habe beim Haus, habe ich gewußt, am nächsten Tag wird die Nachbarin ihre auch putzen, nicht daß es bei uns glänzt, und bei ihr schaut der Dreck bei den Fenstern heraus. Wenn ich gesehen habe, wie sie den aufgeschossenen Salat auf den Gummiwagen geladen hat, damit sie ihn hat hineinführen können in den Saustall, habe ich

ihr meinen schönen Salat gezeigt, und über so etwas habe ich mich tagelang freuen können, und so etwas hat mich auch hinweggetröstet über vieles, worüber ich mich habe ärgern müssen.
Oder zu Ostern. Immer haben wir gegenseitig geschaut, wie weit wir mit dem Bäumeschneiden sind. Wir haben gewetteifert, wer das größere Osterfeuer zusammenbringt mit den Stauden. Früher einmal, als es noch nicht verboten war, haben unsere Buben alte Autoreifen heimgebracht von den Mechanikerwerkstätten und damit einen Turm gebaut. Und am Ostersamstag haben sie den Turm angezündet, das hat ein Osterfeuer gegeben, so etwas findet man heute nirgends mehr. Von der Weite hat es ausgesehen, als würde das ganze Dorf brennen, und die Freiwillige Feuerwehr ist ausgerückt, und wir haben sie ausgelacht und gefragt: seit wann geht ihr Osterfeuer löschen? Von überall her sind die Leute zu uns gekommen und haben sich das Feuer angeschaut, und wir waren stolz darauf, daß wir das größte Osterfeuer im ganzen Bezirk gehabt haben.
Später hat man das Reifenabbrennen verboten wegen der schlechten Luft, da haben die Nachbarin und ich wieder Äste gehackt, um die Wette, damit wir wenigstens zwei große Staudenhaufen zustandegebracht haben.
Dann hat die Sache mit den Blumen angefangen. Unter jedes Fenster haben wir Blumenkistchen montiert und Pelargonien gepflanzt. Im Sommer hat es geblüht, daß es eine Freude war, und natürlich ist es eine Mordsarbeit gewesen, die Blumen zu pflegen. Am Abend, wenn wir schon müde waren vom Heuen und Füttern, mußten wir noch Blumen gießen und die verwelkten

Blüten abzupfen, weil sonst alles schlampig ausgesehen hätte. Natürlich hat es bei denen am schönsten geblüht, die den besten Dünger gehabt haben, und wir sind extra in die Stadt gefahren, um einen guten Dünger zu kaufen, aber der Bub vom Nachbarn hat bei der Genossenschaft im Lagerhaus gearbeitet und hat dort natürlich noch einen besseren Dünger bekommen, so daß die Nachbarn eine üppigere Blumenpracht gehabt haben als wir.

Dafür haben wir im Jahr darauf am Stallgebäude auch Blumenkistchen montiert, da haben sie auch mitgehalten, und irgendwann sind wir vor lauter Blumen in der Finsternis gießen gegangen, soviel Arbeit war das, und mit der Taschenlampe in der Hand haben wir die verwelkten Blüten gezupft, und als sie dann auch noch mit den Blumenschmuckwettbewerben angefangen haben, sind wir nicht fad gewesen und haben mitgemacht. Es ist nicht darum gegangen, wer das am schönsten geschmückte Haus hat, sondern welches das schönste Dorf ist, und so waren wir nur mit unseren Blumen beschäftigt, auch sonntags, und wir haben nur noch geschaut, wo wir ein zusätzliches Kistchen hinstellen könnten, und das ist auch mords ins Geld gegangen, weil man die Pflanzen jedes Jahr aufs neue hat kaufen müssen.

Dann sind wir stolz gewesen, als wir zum zweitschönsten Dorf gewählt worden sind, aber jedes Jahr hätten wir die Kraft nicht gehabt dafür, wir waren froh, daß wir uns wieder einmal haben hinlegen können an einem Sonntagnachmittag, und die Jungen tun sowieso nicht mehr mit, auch bei den Nachbarn nicht, Gott sei Dank

nicht, sonst stünden wir schön da, wenn wir die einzigen wären ohne Blumenkistchen am Haus.
Von den Ortsnachrichten war jemand da, als unser Dorf den zweiten Platz gemacht hat beim Blumenschmuckwettbewerb, und der Herr hat viel gefragt, und ich habe ihm erzählt, wie wir leben und was wir denken, und als wir das nachher in der Zeitung gelesen haben, war das genauso schön wiedergegeben, wie ich es erzählt habe. Und wir waren so stolz, als wir uns abgebildet gesehen haben in der Zeitung und hinter uns waren die geschmückten Häuser drauf. Damals habe ich meiner Tochter den ganzen Zeitungsausschnitt nach Wien geschickt, und ich habe gedacht, sie würde sich freuen mit uns und zur Blumenschmuckwettbewerbfeier kommen, aber sie hat nicht einmal zurückgeschrieben oder angerufen, so egal ist es ihr gewesen, worüber wir uns freuen. Es ist komisch, wenn man drei Kinder hat, und keines ist dabei, auf das man richtig stolz sein könnte. Nicht eines, das so geworden wäre, wie ich mir das vorgestellt habe. Der Bub, der zu Hause geblieben ist, am Hof, und der die gleiche Arbeit macht, die ich selber gemacht habe, tut sie nicht so, wie ich es möchte. Und der Bub, der weggegangen ist, und im Sarg zurückgekommen ist, von dem brauchen wir gar nicht reden. Ein Mädel hätte ich gern gehabt, das grad so viel woanders lebt, daß man weiß, es hat ein schönes Haus, und es nimmt die Mutter zu sich, wenn sie es möchte. Ich habe nie große Wünsche an das Leben gehabt. Ich wollte nie wohin fliegen, ja nicht einmal ans Meer fahren wollte ich, das hat mich nicht interessiert, aber ich habe immer genau gewußt, wie ich

es zu Hause haben möchte. Da sitzt jeder Handgriff, und ich weiß, wie man jede Arbeit am geschicktesten angeht. Am liebsten ist es mir, wenn kein anderer etwas angreift in meinem Bereich. Eigentlich macht es mich verrückt, wenn meine Tochter auf Besuch ist und wenn ich sehe, wie sie das Kochgeschirr aus der Lade nimmt, wie sie es mit Wasser anfüllt und auf den Herd stellt, um sich einen Tee zu machen. Wie ungeschickt sie sich anstellt dabei, mit ihren zwei linken Händen. Allein, daß sie immer einen zu großen Topf nimmt, macht mich wahnsinnig. Und dann füllt sie mehr Wasser in den Topf hinein, als in die Teekanne paßt, und Deckel dürfte es überhaupt keine geben in Wien, und von den Teebeuteln nimmt sie immer drei, obwohl zwei auch genügen würden, und wenn Tee übrigbleibt, schüttet sie ihn weg, anstatt ihn am nächsten Tag aufzuwärmen. Wenn ich ihr das alles sage, ist sie böse auf mich und fragt, ob ich glaube, daß sie ohne meine Anweisungen keinen Tee machen kann, und ich meine, daß sie es wirklich nicht kann, auch wenn so etwas wie Tee dabei herauskommt, aber wie man ihn gescheit macht, davon hat sie bis heute nichts verstanden. Und sie wird es nie verstehen, so wie sie nie verstehen wird, warum ich nicht nach Lourdes fliegen und nicht ans Meer fahren möchte. Und daß ich auch nie mehr eine Reise nach Deutschland machen möchte, jetzt, wo mein Bub nicht mehr lebt, und ich möchte auch kein Gewand mehr kaufen gehen und die Haare nicht mehr eindrehen und färben. Und endlich alle Zähne reißen lassen, damit keiner mehr weh tun kann.

8

Die Waltraud ist wieder zurück aus Amerika. Mit den Kindern, aber ohne den Mann. Viel redet sie nicht darüber. Um die Kinder hat es Mordsstreitereien gegeben, vor allem den Buben hat er behalten wollen, so wie die Männer halt sind. Ihre Mutter hat eine Freude damit. Jetzt ist es genauso gekommen, wie sie es immer gewollt hat. Die Tochter und die Kinder hat sie gewollt, sonst nichts. Jetzt wohnen sie auch bei ihr. Das Haus ist groß genug, und wenn sie zur Tür hinausgehen, sind sie im Garten. Die Waltraud muß schauen, daß sie eine Arbeit findet, bei der Post oder bei ihrem Bruder im Büro. Englisch kann sie auch gut, aber ob sie das bei uns brauchen wird?

Der Bub hat am Anfang immer nach seinem Daddy gerufen, aber mit der Zeit wird er ihn schon vergessen, hat die Mutter von der Waltraud gesagt. Im Sommer, wenn die Kinder Ferien haben, sollen sie hinüber zu ihm, aber die Waltraud hat Angst, daß er die Kinder nicht mehr zurückschicken wird.

Gut sieht die Waltraud nicht aus, aber ihre Mutter ist aufgeblüht, seit sie die Tochter wieder hat. Und die Kleine schläft bei ihr im Bett, jetzt, wo der Vater nicht mehr ist. Die Kleine hat sich gleich wieder an ihre Omi erinnert, die ihr das Gehen und das Radfahren beigebracht hat. Und immer, wenn die Kleine nach ihrem Daddy fragt, sagt die Mutter von der Waltraud zu ihr: Wer so eine Oma hat, braucht keinen Daddy.

Die Waltraud hat es auch gut daheim. Ihre Mutter

kocht, sie kümmert sich um die Kinder, und nachmittags spazieren alle gemeinsam zum Friedhof und gießen das Grab vom Vater. Wenn die Mutter einmal stirbt, wird die Waltraud das Haus bekommen und das Auto von der Mutter, ich frage mich, was will man mehr vom Leben. Aber die Waltraud hat weit weggehen müssen, damit sie sehen hat können, wie gut sie es daheim hat. Und die Mutter hat es auch gut, weil jemand da ist, der sich um sie kümmert.
Letztens war sie da, mit den Enkeln, man hat gesehen, wie jung sie geworden ist. Viel früher hätte die Waltraud zurückkommen sollen, hat sie gesagt, denn so sind ihr mit der Warterei ein paar schöne Jahre verlorengegangen.
Von den fremden Männern wird die Waltraud genug haben, jetzt, wo sie die Kinder hat. Und endlich wachsen sie in geordneten Verhältnissen auf, nicht einmal hier und einmal dort, einen Garten haben sie und eine Großmutter, die sich um die Kinder kümmert. Endlich bekommen sie eine gescheite Mahlzeit zu Mittag. In Amerika ist das nur schnell, schnell gegangen, irgendeinen ungesunden Mampf hinuntergewürgt und wahrscheinlich Coca-Cola dazu. Hier macht ihnen die Oma jeden Tag eine Rindsuppe, eine echte gute Rindsuppe, für die sie die Rinderknochen kaufen geht, und keine Suppenwürfel, und dann gibt sie selbstgemachte Frittaten hinein oder Nudeln und Wurzelwerk aus dem eigenen Garten. In Amerika werden sie nur mit Hormonfleisch vollgestopft. Man muß sie nur anschauen, die McDonald's-Fresser, sie schauen selber aus wie für ein rasches Wachstum hochgezüchtete Viecher, wenn

sie dort sitzen mit ihren aufgerissenen Kuhaugen und Fleischlaberln kauen.
Unsere Jungen kaufen auch alles, was es gibt. Manchmal haben wir nicht einmal mehr ein eigenes Schwein zum Schlachten. Sie kaufen beim Fleischer ein, und keiner weiß, von wem die Sau ist. Wenn ich ein Schwein füttere zum Schlachten, dann weiß ich, was es gefressen hat, und etwas Schlechtes würde ich ihm niemals geben, und wenn wir dann die Därme geputzt haben beim Abstechen, weil wir sie für die Wursthaut gebraucht haben, ist es schon vorgekommen, daß ich zur Sau gesagt habe: du kannst stinken, soviel du willst, ich weiß, was ich dir gefüttert habe!
Das klingt im ersten Moment lustig, aber im zweiten stimmt es. Was soll aus einer Sau herauskommen als das, was man hineingesteckt hat. Dafür muß ich kein Wissenschaftler sein, um zu wissen: Wenn ich einer Sau Fischmehl gebe, wird sie nach Fisch schmecken, und wenn ich ihr Schafsmehl gebe, dann wird sie hammeln. Das war schon immer so. Wenn man Weinreben beim Misthaufen angepflanzt hat, dann haben die Trauben nach Mist geschmeckt, und der ganze Wein hat nach Mist geschmeckt, so süß hat er gar nicht sein können, daß man den Kuhdreck nicht herausgeschmeckt hätte. Und wenn man ihn gekostet hat, ist es einem vorgekommen, als würde man gezuckerte Kuhseiche trinken.
In meinen Garten kommt nichts Schlechtes, außer der Samen ist schlecht, den man kauft, und darauf hat man keinen Einfluß. Wenn der Samen genmanipuliert oder sonst was ist, und es steht nicht auf der Packung, dann kann man nichts machen, dann kann man höchstens

selber Samen züchten, aber das wird auch nichts Gescheites, wenn man sich nicht gut genug auskennt. Mein Sohn kennt sich aus, er macht das mit dem Mais. Bei der Hybridzüchtung muß man siebenmal Inzucht betreiben und dann Fremdzucht, das gibt den besten Mais. Aber so etwas ist jahrelange Arbeit für ein bißchen Samen. Man muß aufpassen, was man so zusammenzüchtet, denn das Größte muß nicht immer das Beste sein.

Die Tierärzte haben jahrelang einen Haufen Geld verdient mit dem Kälberschneiden. Die Zuchtstiere sind immer größer und größer gezüchtet worden, und unsere Kühe sind gleich geblieben. Wenn dann die Kuh den Samen von so einem Riesenpreisstier bekommen hat, ist ein Riesenkalb herangewachsen in der Mutterkuh, und beim Kalben ist es im Becken der Kuh steckengeblieben und nicht mehr vor- und nicht zurückgegangen. Damit wenigstens die Kuh nicht draufgeht, haben wir das Kalb herausschneiden lassen, und der Tierarzt hat gleich zweimal verdient: einmal beim Besamen und das zweite Mal beim Herausschneiden. Wir haben nur den Schaden gehabt durch so einen überzüchteten Stier.

Manchmal hat man mit dem Samen Glück und manchmal nicht, manchmal wird etwas Gescheites daraus, und manchmal kümmert er dahin und stirbt ab, bevor er reif ist.

Wenn man so mit und in der Natur arbeitet, kann man sich das Leben jedes Jahr von neuem anschauen, wie es spielt. Die Kinder von der Waltraud können das jetzt auch, wo sie heraußen sind aus dem Sumpf, in dem sie

gelebt haben. Florida ist ein trockengelegter Sumpf, wo es keine gescheiten Jahreszeiten gibt, immer ist es nur warm, und ich frage mich, wie man sich auf einen Sonnentag freuen soll, wenn Jahr und Tag die Sonne auf einen herunterbrennt. Wer weiß, vielleicht freuen sich die Floridianer sogar auf ihre Hurrikans, weil sie dadurch ein bißchen Abwechslung haben in ihrem Leben, in dem sonst immer nur die Sonne scheint.
Ich wollte die Waltraud nicht fragen, warum das nicht mehr gegangen ist mit ihrem Mann, und von selber hat sie nichts erzählt. Ich bin nicht so neugierig und frage die Leute aus. Was jemand erzählen möchte, soll er erzählen, und was er für sich behalten möchte, geht sowieso niemanden etwas an. Angeblich hat er zu saufen angefangen und soll keiner geregelten Arbeit mehr nachgegangen sein. Wie ich gehört habe, soll das schon angefangen haben, als sie noch hier gelebt haben, das mit dem Saufen. Aber da wird nicht viel geredet darüber. Ich weiß nicht einmal, ob sich ihre Mutter wirklich interessiert hat dafür. Ihr ist es nur recht gewesen, daß sie die Tochter und die Enkelkinder wiederhat und daß sie endlich Deutsch lernen, damit sie eine gescheite Muttersprache haben, wenn ihnen die Mutter schon keine gescheite Sprache beigebracht hat. Ich bin neugierig, ob die Waltraud noch einmal richtig Deutsch lernt, denn wenn man ihr zuhört, glaubt man, man redet mit dem Schwarzenegger. Mir ist es sowieso schleierhaft, wie man die Sprache verlernen kann, in der man aufgewachsen ist und in der man die wesentlichen Dinge des Lebens gelernt hat. Aber der Waltraud fallen die Ausdrücke im Deutschen oft nicht mehr ein, und

dann kommt sie drauf, daß es nicht einmal ein deutsches Wort für das gibt, was sie sagen möchte, und schon lange übersetze sie im Kopf vom Amerikanischen ins Deutsche, sagt sie, und nicht umgekehrt. Manchmal kommt mir das als ziemliches Getue vor, als möchte sie sich wichtig machen mit ihrem Amerikanisch, damit wir nicht vergessen, wo sie gelebt hat und wie weit sie einmal weggewesen ist von uns.

Aber wir vergessen es schon nicht, wir erinnern sie jedesmal daran, wenn sie anfängt damit, daß es drüben besser gewesen ist, in Amerika. Als sie das letzte Mal bei uns auf Besuch war, ist ein Mordssturm gegangen, die Fenster haben gezittert, und das Dach hat gebebt, aber Angst habe ich trotzdem keine gehabt, weil ich dabeigewesen bin, als wir gebaut haben. Jeden Ziegel habe ich in den Händen gehabt, und jede Scheibtruhe voll Mörtel habe ich angerührt und gemischt. Ich kenne dieses Haus in- und auswendig, bis zur letzten Eternitplatte auf dem Dach, und ich weiß, wie gut es gebaut ist. Die Waltraud habe ich gefragt, ob sie sich nicht wohl fühlt bei uns, wenn draußen der Sturm bläst, und man ist drinnen und weiß, daß man sein Dach über dem Kopf nicht verlieren wird. Ob das nicht was anderes ist, als wenn man alles zusammenpacken muß, wenn der Hurrikan kommt. Darauf hat die Waltraud gesagt, das ist nicht so schlimm, die Amerikaner würden nicht so an ihrem Besitz hängen.

Da habe ich doch auflachen müssen, und dann habe ich sie gefragt, wo sie wohnen würde ohne ihren Besitz und warum sie nicht drüben geblieben sei, wenn alles soviel besser ist als hier. Außerdem soll man keine großen Sprüche klopfen, wenn man selber zu nichts gekommen ist im Leben als zu einer geschiedenen Ehe. Wenn sie wenigstens profitiert hätte davon und mit einem Haufen Geld zurückgekommen wäre wie die Ivana Trump zum Beispiel, die sich beim Heiraten darum gesorgt hat, daß sie ausgesorgt hat im Fall einer Scheidung. Aber die Waltraud ist mit nichts gegangen und mit zwei Kindern zurückgekommen, die ein Dach über dem Kopf brauchen werden, bis sie groß sind und sich selber ein Haus werden bauen können. So jemand sollte bei jedem Sturm dankbar sein, daß er ein Dach über dem Kopf hat, bei dem es nicht hineinregnet.

Bei dem ganzen Weggehen und Herumziehen in der Welt sind ihr im Endeffekt doch nur die Eltern geblieben, die ihr ein gescheites Dach haben bieten können. Ein Dach, das halten wird die nächsten hundert Jahre. Ab und zu wird eine gesprungene Eternitplatte ausgetauscht werden müssen, aber damit hat es sich schon. Der Dachstuhl mit dem gut getrockneten Holz wird halten, und er wird die Waltraud überleben, und ihre Kinder, wenn nicht ein großes Erdbeben kommt oder ein Flugzeug auf das Haus fällt. Absichtlich wird niemand eine Bombe auf uns werfen, dafür sind wir zu weit weg von jeder Zivilisation, und das ist auch ein Vorteil, wenn man nicht in der Stadt lebt: Es zahlt sich nicht aus, ein paar Häuser anzugreifen, wenn wirklich einmal etwas ist.

Genauso ist es mit der Versorgung. Ich hätte keine ruhige Minute, wenn ich wüßte, daß ich alles kaufen muß, was ich zum Leben brauche. Wenn es in den Geschäften einmal nichts mehr gibt, dann stehst du da.

So ist es im Krieg gewesen. Die Städter sind aufs Land gekommen und haben für ein Rexglas voll Schmalz alles hergegeben. Eine Jugendfreundin von mir hat heute noch die feinen Lackschuhe, die sie damals bekommen hat, als die Städter hamstern waren. Mit ihren groben Füßen hat sie nie hineingepaßt in die Schuhe, aber sie hat sie oft angeschaut, weil sie so fein gearbeitet waren wie Puppenschuhe. Und ich habe als Kind einmal eine schöne Bettpuppe bekommen von einer Tante, die in der Stadt gearbeitet hat, und ich habe immer aufgepaßt darauf und habe mich nicht mit ihr zu spielen getraut, damit sie nicht kaputtgeht, aber einmal hat mein Bruder so eine Wut gehabt auf mich und hat auf die Puppe eingeschlagen, bis sie zerbrochen ist. Ich habe das dem Vater gesagt, und er hat dann auf den Bruder eingedroschen, daß er es für sein Lebtag nicht mehr vergessen hat, daß man eine Puppe nicht schlagen darf, bis sie bricht. Und ich habe es auch für mein Lebtag nicht mehr vergessen, weil ich gedacht habe, der Vater schlägt so lange auf den Bruder ein, bis auch er mitten auseinanderbricht. Das habe ich auch nicht gewollt. Viel Spielzeug hat es damals nicht gegeben, höchstens eine Holzpuppe, die der Vater im Winter geschnitzt hat, wenn gerade Zeit dafür war, oder für den Bruder ein Holzpferd, wenn der Vater ein besonders schönes Stück Holz gehabt hat.

Es muß drinnen sein im Holz, hat der Vater gesagt, sonst wird nichts daraus. Ich kann das Pferd nur herausschneiden, wenn es drinnen ist im Holz. Ich bin oft schauen gegangen zum Holzstoß und habe alles mögliche gesehen, was in den Holzstücken drin gewesen ist,

und der Vater hätte Tag und Nacht schnitzen können, so viele Tiere und Puppen habe ich drinnen gesehen, aber der Vater hat nur gelacht und gesagt, *ihm* müssen sich die Dinge zeigen, nicht *mir*.
Ich habe dann selber zu schnitzen angefangen, weil der Vater selten etwas gesehen hat im Holz, aber ich habe nie etwas von dem herausgebracht, was ich drin gesehen habe. Ich habe mir nur die Finger blutig geschnitzt und habe das auch noch verheimlichen müssen vor den Eltern, weil sie es verboten haben, daß ich mit einem scharfen Messer herumfitzle.

9

Sie war hier. Vor drei Wochen. Auf einmal hat es geläutet an der Haustür. Ich war gerade beim Kochen und bin schauen gegangen und habe mir gedacht, daß es wieder die Neger sein werden, die ein Heiligenbild verkaufen wollen. Da habe ich sie stehen gesehen. Die Kleine habe ich nicht mehr erkannt, so groß ist sie geworden. Aber ihre Mutter hat sich nicht verändert, und es ist doch ein paar Jahre her, seit es passiert ist. Mir hat es die Rede verschlagen, als sie plötzlich vor mir stand. Ich habe sie gefragt, was sie hier wolle, und sie war nicht beschämt und hat gesagt: Die Kleine will ihre Oma sehen.

Da habe ich sie schlecht wegheißen können, und die Kleine kann am wenigsten für das, was passiert ist, und so habe ich ihr gesagt, daß sie hineinkommen soll. Ich habe ihr etwas zu trinken angeboten, und sie hat gesagt, nein danke, soviel Zeit habe sie nicht. Ihr Mann würde mit dem anderen Kind auf dem Friedhof warten. Sie ist dann doch mit hineingegangen, und ich habe die Kleine gefragt, ob sie sich noch an die Oma erinnern könne. Sie hat mich groß angeschaut und den Kopf geschüttelt, und ich habe gesagt, daß ich sie auch nicht erkannt hätte, so groß wie sie geworden sei. Dann habe ich sie gefragt, ob sie sich noch an ihren Papa erinnern könne, und sie hat wieder den Kopf geschüttelt und ihr Handtäschchen aufgemacht und ein Foto von ihrem Vater herausgenommen und gesagt: Das ist mein Papa. Der liegt jetzt auf dem Friedhof.

Ich habe es nicht lassen können und habe sie gefragt, ob sie weiß, warum der Papa jetzt auf dem Friedhof liegt. Und sie hat ihre Finger an den Kopf gelegt und gesagt: Peng. Der hat sich mit der Pistole in den Kopf geschossen. Bis er tot war.

Ihre Mutter ist einfach daneben gestanden und hat die Kleine reden lassen. Dann habe ich ihre Mutter gefragt, wie es ihr so gehe, und sie hat gesagt, daß es ihr gutgehe und daß ein Mensch einen anderen nicht zwingen könne, bei ihm zu bleiben, wenn er nicht mehr wolle.

Aber das schlechte Gewissen treibt dich doch zurück, habe ich gesagt. Und sie hat den Kopf geschüttelt und gemeint: Auch wenn man kein schlechtes Gewissen hat, kann man traurig darüber sein, daß es so hat enden müssen. Und wenn die Kleine zu ihrem Papa fahren will, dann packen wir uns zusammen und fahren her. Sie legt ihm dann ein goldenes Herz aufs Grab und zündet eine Kerze an. Oder sie läßt ihm ein Foto von sich da, damit er sieht, wie sie gewachsen ist, und damit er sie gleich erkennt, wenn sie einander wiedersehen, einmal, im Himmel.

Dann wollte ich wissen, wie es ihr mit dem neuen Mann geht, für den sie meinem Buben das angetan hat.

Ich habe ihm nichts angetan, hat sie gesagt. Das hat er sich selber angetan. Mir geht es gut mit ihm, und die Kleine kommt auch gut mit ihm aus. Niemand hat gewollt, daß er sich das antut, aber man kann den anderen nicht zu seinem Unglück zwingen, nur weil man sich fürchtet, selber unglücklich zu werden.

Aber es hat doch alles so schön ausgeschaut bei euch, habe ich gesagt. Ihr habt ein schönes Haus gehabt, und er hat gerne gekocht. Und die Kleine hat er gerngehabt. Kein Wort, daß etwas nicht gepaßt hätte, so wie es war.

Sie hat gesagt, nach außen hin schaue vieles schöner aus, als es ist. Aber über einen Toten möchte sie nichts Schlechtes sagen, und schon gar nicht nach der langen Zeit.

Dann ist sie bald wieder gegangen. Ich habe der Kleinen einen Hunderteuroschein gegeben, sonst habe ich nichts daheim gehabt, so unvorbereitet, keinen Golddukaten und keine Schokolade, und ich habe gesagt, sie soll vorbeischauen, wenn sie wieder einmal in der Gegend ist, und den Mann und das Kind soll sie nicht am Friedhof stehenlassen, man kann sowieso nichts mehr ändern, es ist, wie es ist. Und sie hat gesagt, sie würde wieder vorbeischauen, das nächste Mal, und die Kleine hat mir sogar ein Bussel gegeben, als sie gegangen sind, und sie hat gewinkt, und Servus, Oma gerufen. Mir sind die Tränen in die Augen geschossen, und ich habe mir gedacht, mein Gott, wie traurig das doch alles ist.

Dann sind sie weggefahren, mit einem Mercedes, und der hat fast so ausgeschaut wie der von meinem Buben damals, neu war er vielleicht, und geglänzt hat er stärker, aber sonst sind sie weggefahren wie damals, und ich habe mir gedacht, schlecht kann es ihr wirklich nicht gehen.

Die erste Frau von meinem verstorbenen Buben hat erzählt, daß sie auch bei ihr gewesen sind, weil die Kleine ihren Halbbruder sehen wollte, und sie hat gesagt, daß seine zweite Frau eigentlich ein sympathischer Mensch

sei. Wenn man nicht wüßte, was da gewesen ist, man könnte sich direkt anfreunden mit ihr. Dort hat sie den neuen Mann und das neue Kind auch mitgehabt, und der Neue soll meinem Buben so ähnlich sein vom Typ her, daß sich die erste Frau von meinem toten Buben direkt erschreckt hat, als er zur Tür hereingekommen ist. Er soll auch ganz lieb zur Kleinen gewesen sein, obwohl sie nicht sein Kind ist, aber hineinschauen kann man nicht in einen Menschen, und sich anschauen, was innen drinnen vorgeht, sonst hätten wir ja auch sehen können, was sich zusammengebraut hat im Inneren meines Buben, bis es schließlich zum Unglück gekommen ist.
Und ihr Bub, hat die erste Frau von meinem Buben erzählt, gehe ihr nicht mehr von der Kittelfalte, es werde mit jedem Jahr schlimmer, und keine Frau interessiere ihn, weil er beim Vater gesehen habe, was passiert sei. Nach der Arbeit in der Fabrik komme er gleich heim und gehe nirgendwohin, er trifft sich mit keinem Menschen und hockt vor dem Fernseher, bis ihn die Mutter ins Bett schickt. Wenn sie nicht da ist, bleibt er wach, bis sie kommt und den Fernseher abdreht. Und die Kleine habe sich so gefreut über ihren großen Bruder, daß sie ihn gleich um den Hals genommen und ihm ein Bussel gegeben habe, und da sei dem Buben sogar ein Lächeln ausgekommen, das einzige Lächeln seit langer Zeit, hat die erste Frau von meinem Buben erzählt.
Und die zweite Frau von meinem Buben hat gesagt, daß sie doch einmal hinauskommen sollen, nach Berchtesgaden, sie hätten dort ein großes Haus und genug Platz für einen Besuch.

Ich hätte nicht gewußt, was ich drauf hätte sagen sollen, ich habe mir nur gedacht, wie die Welt sich verändert hat und daß wir Alten nicht mehr mitkommen mit dem, wie die Jungen denken. Und am Ende sitzen wir tatsächlich alle in Berchtesgaden und essen eine gefüllte Henne, die der neue Mann von der deutschen Schwiegertochter uns brät, und es fehlt nur derjenige, wegen dem wir alle dort sitzen, und dann schauen wir uns das Marterl an, vor dem er sich erschossen hat, zünden eine Kerze an und sagen: Schwamm drüber, nach so langer Zeit.

Bibliografische Information Der Deutschen Bibliothek

Die Deutsche Bibliothek verzeichnet diese Publikation in der Deutschen Nationalbibliografie; detaillierte bibliografische Daten sind im Internet über http://dnb.ddb.de abrufbar.

www.wallstein-verlag.de
Vom Verlag gesetzt aus der Stempel Garamond
Umschlaggestaltung: Susanne Gerhards, Düsseldorf, unter Verwendung eines Fotos von mauritius images/stock image
Druck: Friedrich Pustet, Regensburg

ISBN 3-89244-926-0

Heinz Ludwig Arnold
Von Unvollendeten
Literarische Porträts
335 S., geb., Schutzumschlag
ISBN 3-89244-866-3

Lukas Bärfuss
Meienbergs Tod
Die sexuellen Neurosen unserer Eltern
Der Bus
Stücke
220 S., geb., Schutzumschlag
ISBN 3-89244-904-x

Kim Chi-ha
Blütenneid
Gedichte
Aus dem Koreanischen von
Yang Han-ju und Matthias Göritz.
Mit einem Nachwort der Übersetzer
80 S., geb., Schutzumschlag
ISBN 3-89244-985-6

Adolf Endler
Nebbich
Eine deutsche Karriere
292 S., geb., Schutzumschlag
ISBN 3-89244-839-6

Harald Hartung
Aktennotiz meines Engels
Gedichte 1957-2004
408 S., geb., Schutzumschlag
ISBN 3-89244-923-6

Martina Hefter
Zurück auf Los
Roman
132 S., geb., Schutzumschlag
ISBN 3-89244-841-8

Hans-Jürgen Heise
Das Zyklopenauge der Vernunft
Gedichte
64 S., geb., Schutzumschlag
ISBN 3-89244-929-5

Hanjo Kesting
»Ein bunter Flecken am Kaftan«
Essays zur deutsch-jüdischen Literatur
320 S., geb., Schutzumschlag
ISBN 3-89244-925-2

Dea Loher
Hundskopf
Erzählungen
114 S., geb., Schutzumschlag
ISBN 3-89244-865-5

Angelika Overath
Nahe Tage
Roman in einer Nacht
152 S., geb., Schutzumschlag
ISBN 3-89244-927-9

Fred Wander
Der siebente Brunnen
Roman
Mit einem Nachwort
von Ruth Klüger
168 S., geb., Schutzumschlag
ISBN 3-89244-837-x

Kai Weyand
Am Dienstag stürzen die Neubauten ein
Erzählungen
160 S., geb., Schutzumschlag
ISBN 3-89244-928-7